La Coll

A quoi pense Émilie ? Dans une chambre d'hôtel, une nuit d'orage, elle raconte à son amant les jours d'un été brûlant. Une histoire ? C'est un secret qu'elle lui livre. Elle n'avait pas quinze ans et sa tante Julia aimait Alexandre. Dans la garrigue, sur la colline rouge, cachée, elle les a vus s'embrasser et se caresser. Jalousie ou désir ? Émilie aimait Julia qui lui avait fait découvrir son corps. Émilie aimait Alexandre.

Alors, peut-être parce que le soleil était trop chaud, et la lumière trop vive, elle décida de commettre l'irréparable...

Démon, Émilie apprendra ainsi, avant de devenir victime, que les chemins de l'amour sont souvent jalonnés par l'écueil enivrant des liaisons dangereuses.

France Huser est critique d'art au Nouvel Observateur. La Colline rouge *est son cinquième livre. Il vient après* La Maison du désir, Aurélia, La Chambre ouverte *et* Les Lèvres nues, *remarquablement accueillis par la critique et le public.*

Du même auteur

AUX MÊMES ÉDITIONS

La Maison du désir
1982
coll. « Points Roman », n° 139

Aurélia
1984
coll. « Points Roman », n° 241

La Chambre ouverte
roman, 1986
coll. « Points Roman », n° 313

Les Lèvres nues
roman, 1988
coll. « Points Roman », n° 385

AUX ÉDITIONS LAFFONT

Charlotte Corday ou l'Ange de la colère
1993

France Huser

La Colline rouge

roman

Éditions du Seuil

TEXTE INTÉGRAL

EN COUVERTURE :
D. de Courval, *Matinale*
Galerie Liliane François

ISBN 2-02-021146-7
(ISBN 2-02-013526-4, 1re publication)

L'orage avait grondé. Un éclair embrasa l'horizon. La ville avait semblé figée par cette menace. Seul l'aboiement d'un chien claquait contre les façades dont la blancheur obstinée cisaillait le ciel noir. Dans la chambre, la femme s'était retournée, intriguée par le souffle tiède, respiration douce et rassurante, qui gonflait le rideau de la fenêtre. L'homme n'avait pas bougé. Incertaine, elle observait son visage. Une ombre, un nuage paraissait l'avoir traversé. « Viens, viens contre moi », chuchota-t-elle en se rapprochant de lui. « Viens. » Sa main, glissant entre les cuisses du dormeur, s'était immobilisée, intimidée par son désir. L'homme avait ouvert les yeux, luttant contre la torpeur.

Les jappements du chien s'éloignaient, l'air moite écrasait tout. L'étoffe des draps exhalait le parfum âcre des aiguilles de pin foulées sur le roc moussu d'une montagne. La femme avait hésité. Puis, saisie par cette touffeur qui l'oppressait et l'immergeait dans la houle de son enfance, elle avait senti son corps l'abandonner. Les odeurs de la chambre l'emportaient, elle revoyait un chemin poudreux, les éclats blancs d'un mur. Sa voix lui avait presque échappé, elle s'était élevée avec ce ton égal que l'on réserve aux litanies : Tu m'aimes, dis-tu ? Tu m'aimes vraiment ? Je voudrais te raconter cet été dont les jours pèsent sur moi comme des pierres brûlantes. Ces vacances s'annonçaient pourtant pareilles aux autres. Seule la chaleur était inhabituelle. Les herbes n'avaient plus de couleur. Les aiguilles de pin vibraient d'une odeur rêche, qui incendiait les poumons. La lumière, dure, exaspérait le bleu du ciel. Par moments, la senteur des arbres devenait si âpre que l'on aurait cru qu'ils allaient flamber.

La grande maison blanche était éblouie de soleil. Mes oncles et mes tantes venaient y séjourner. Ils s'appelaient Simone, Jean, Armandine, Henri, Julia, et j'attendais leur retour. L'alternance de leurs visites avait le charme des vieux manèges. Dragon vert, cheval harnaché de rouge, éléphant gris : quand leur ronde s'arrête, certains cavaliers sont dissimulés. Cet été-là, pris dans une semblable ivresse de métamorphoses, le monde se parait pour moi d'apparences mouvantes, insaisissables. Julia était mon étoile. Lorsqu'elle arrivait, je ne l'interrogeais pas : je me contentais de l'observer. Sitôt franchi le seuil de la véranda, elle jetait ses chaussures sur les dalles froides. Tourbillon soyeux, elle rejoignait sa chambre à l'étage. Je suivais le glissement de ses pieds nus. Ses valises ouvertes sur le lit, je m'empressais de l'aider à ranger ses vêtements. Mais Julia s'interrompait pour essayer un nouveau corsage et les boucles d'oreilles qui l'accompagnaient. Tout était bientôt éparpillé sur les fauteuils. Découragée, elle tournait alors le dos à la chambre puis s'approchait de la fenêtre pour faire retomber la mousseline entre elle et ce désordre. Son regard se perdait dans le jardin aux broussailles sèches.

Je ne craignais pas d'être indiscrète. L'accord de Julia était tacite : quand elle rêvait ainsi, je caressais furtivement les étoffes répandues. Chacune m'apportait un signe. Le mauve, privilégié lors d'un précédent séjour, avait disparu. Un amant, dont je ne savais rien encore, l'avait donc condamné. En revanche, il y avait un bustier qu'elle aurait jugé naguère de mauvais goût : mes découvertes favorisaient ses confidences. Cet été-là j'eus beau mêler la lingerie et m'attarder sur la douceur des soies, aucun indice ne m'éclaira. Julia n'aurait donc rien à me raconter ! Je m'obstinai, fouillai dans les poches de ses vestes, ouvris encore son coffret à bijoux. Je sortis enfin de sa valise un léger voile noir. Il se déroula en flottant. C'était une combinaison, plus longue qu'il n'est habituel. En l'examinant, je m'aperçus que ce n'était pas une garniture de dentelle qui la prolongeait, ainsi que je l'avais d'abord cru, mais un lambeau de tissu.

« Comment as-tu fait pour la déchirer ? »

Ma tante ne répondit pas.

« Tu vas la recoudre ? »

Julia s'empara précipitamment de sa combinaison, comme si elle était prise en flagrant délit. Ses joues avaient rosi, son regard vacillé. Quand elle descendit rejoindre ma mère, je revins dans sa chambre en cachette, me gardant bien d'ouvrir les volets. Ces précautions n'étaient pas justifiées, Julia ne m'interdisait rien. Mais, puisqu'il s'agissait de deviner un secret, le mystère devait être mon complice. Julia m'avait d'ailleurs appris à me méfier des évidences du plein jour.

La main enfouie dans le désordre du tiroir, je cherchai, attentive aux contrastes qu'offraient une maille râpeuse, un coton sec ou un tissu aussi lisse que le sucre glacé des gâteaux de fête. Cette combinaison que Julia avait roulée en boule pour la faire disparaître, je finis par la trouver sous des chemisiers. Je m'en emparai vite et m'enfuis.

Déployé sur mon lit, le tissu m'apparut étonnamment transparent. Presque imperceptibles, les lignes qu'y traçaient les froissements ne m'apprenaient rien, sinon la hâte de Julia. Mais il y avait la déchirure. Elle évoquait une blessure. Julia étaitelle tombée ? La longueur de l'accroc, la frange inégale des fils rompus trahissaient une violence.

Songeuse, je parcourais de l'ongle les bords déchiquetés, comme on presse une cicatrice pour réveiller un souvenir. Je n'étais pas sur mes gardes lorsque Catherine, la vieille paysanne qui surveillait la maison en notre absence, ouvrit brusquement la porte. Aurait-elle vu le diable faire des cabrioles sur mon lit qu'elle n'aurait pas été plus indignée.

« Qu'est-ce que tu fais ? Va remettre cette cochonnerie où tu l'as prise. »

L'étoffe devint flamme entre mes doigts. Je remarquai que, loin de cacher, elle mettait en valeur. Jamais ma main qu'elle recouvrait ne m'avait paru aussi présente. La saveur de ma peau m'était soudain révélée.

La vieille femme continuait à bougonner. Mais je ne l'écoutais plus. Des phrases confuses se réveillaient en moi, bribes à demi effacées : « Pourquoi pleures-tu ? avait dit ma mère à Julia. S'il te rend malheureuse, il faut le quitter. »

« Malheureuse », « amoureuse » : les deux mots se confondaient dans mon esprit. Étaient-ils indissociables ou seulement amis ? De Julia on aurait pu dire ainsi qu'elle était « une amoureuse ». Elle l'était du vent, de la musique, du soleil. Mais malheureuse ? Le mot lui allait mal. Elle riait pour le seul plaisir de rire.

Le ton de Catherine se fit plus pressant. Je quittai la chambre malgré moi, abandonnant l'étoffe et son secret. En bas de l'escalier, dans la grande salle, les chaussures de Julia avaient disparu. « Nous n'attendons que toi ! », cria ma mère.

J'allai rejoindre la table qui avait été dressée sur la terrasse ocre. Mes oncles et mes tantes me saluèrent, je leur répondis à peine. Les rayons du soleil rougeoyaient dans l'air piquant. L'éclat des couverts paraissait assourdi par la lumière du crépuscule. « Ah, du melon ! », lança un convive. J'enfonçai la pointe de mon couteau dans la chair du fruit. La lame glissa le long du ventre ouvert, baignée de sucre et de pulpe. Lorsque je la portai à mes lèvres pour goûter cette sève, la voix de ma mère claqua : « Arrête ! Ne porte pas ton couteau à la bouche ! » Je sursautai et sentis alors la brûlure du tranchant qui, très légèrement, avait entaillé ma langue. Mes yeux s'accrochèrent avec espoir au visage de Julia. « Amoureuse, malheureuse, amoureuse, malheureuse. » Ces mots s'imposaient à nouveau en moi, ritournelle silencieuse. « Amoureuse, malheureuse. » Je ne comprenais pas l'indifférence de Julia. J'étais au bord des larmes. Un jour d'hiver, je l'avais vue pleurer, elle aussi. Courant dans le jardin, elle criait un mot. Je l'observais derrière la fenêtre de la cuisine, mais les vitres m'empêchaient de l'entendre. Elle prononçait – j'en fus certaine – un prénom. Pourtant il n'y avait personne. Peut-être appelait-elle quelqu'un qui se trouvait à des kilomètres de là. J'écarquillai les yeux comme si cela pouvait m'aider à comprendre. Mais les mouvements de ses lèvres ne révélaient aucune des syllabes. Rentrée à la maison, Julia avait retrouvé son visage habituel, aimable et gai. Rien ne laissait soupçonner son chagrin. C'était donc le vent qui l'avait malmenée, la forçant à hurler ce que ses lèvres taisaient maintenant ? Ne pouvait-elle se confier qu'à lui ? Elle paraissait si calme que je crus avoir rêvé. Je fermai les yeux pour me souvenir de ses traits crispés, d'une bouche soumise aux plaintes ou à l'injure.

Autour de la table, les conversations se croisaient. Seul Alexandre demeurait songeur. Les rires de ma cousine Mathilde, occupée à taquiner l'oncle Henri, semblaient glisser sur les boucles de ses cheveux blonds. Une intonation, un léger silence entre deux mots suffisaient à m'alerter. Ma mère jacassait, tante Simone affrontait le flot de ses paroles qui charriaient l'histoire obscure d'un couple déchiré. J'apprenais qu'ils se quittaient avant de se retrouver et qu'un amant surgissait. La virulence des accusations que portait ma mère, ses sarcasmes acides me nouèrent. La blancheur de la nappe me parut soudain obscène. Discrètement, je repoussai du bout de ma fourchette les morceaux de viande au bord de mon assiette. Je priai pour qu'ils disparaissent. A cet instant, mon oncle Jean vantait les mérites nutritifs du sang de bœuf. Le visage tourné vers Armandine, il pérorait. Il n'y avait aucune trace d'émotion dans ce métal tranchant que forgeait la voix de mon oncle. Ma mère, sans lui prêter attention, interrogea Julia : « Tu restes longtemps cette fois ? » La question provoqua des ricanements autour de la table et Armandine grinça : « Avec elle, comment savoir ? » Je n'entendis pas la réponse de Julia. Elle semblait lointaine, perdue dans un monde dont j'ignorais tout. L'atmosphère était lourde. Le cercle des convives devint à mes yeux une couronne noire et menaçante. Mon regard s'évada vers les collines qui encadraient la maison. Leur terre rouge paraissait un fleuve de sang. Un oiseau lança un cri d'effroi. Il tournoyait dans le ciel crépusculaire, plongeait, puis remontait avant de se laisser porter. Je sentais son cœur palpiter et l'air froid glisser sur ses plumes tièdes. La chaleur d'un arbre l'attira, il se posa sur la fourche d'une branche. Nos invités s'étaient levés, silencieux. D'un geste rapide, ma mère m'indiqua le chemin de l'escalier. Après avoir embrassé Julia, je rejoignis ma chambre plongée dans l'obscurité. La fraîcheur des draps me surprit. Elle fit surgir en moi l'image de la combinaison noire déchirée. Un souffle frôla mes paupières closes. L'ombre des ailes de l'oiseau se déployait au-dessus de moi, dans la nuit inquiète.

La robe rouge de Julia était une insulte. Sa couleur tranchait l'air matinal comme une plaque de feu. Le désordre de sa chambre me réconfortait. Le plateau du petit déjeuner était posé sur une tablette, et elle m'invita à prendre une tasse de thé. Son visage rayonnait de bonheur, ses lèvres riaient. En me tendant une tranche de cake, elle eut un geste trop vif et je m'aperçus que sa main tremblait. C'était la preuve que je cherchais. Le signe d'une faille ou d'un secret. Mais elle voulait se montrer insouciante. Le matin, elle venait gratter à ma porte pour me convier à la suivre. « Tu seras mon public ! », disait-elle en riant. Puis elle se mettait en place. Chacun de ses gestes, dès cet instant, paraissait mesuré, inévitable. Accoudée à une bergère, j'étais la spectatrice d'un rite sacré.

Julia devenait méconnaissable. Ses traits durcissaient, son expression se figeait. Elle martelait ses phrases : « Des coups de gong dans ma poitrine. Ils frappent. Ils me font mal, m'expliquait-elle. Alors je suis obligée de chanter. » Certains jours pourtant, une ride creusait son front. C'était un mauvais présage. L'angoisse l'empêchait de chanter. Je le savais dès son réveil : elle répondait à mon bonjour d'un souffle à peine perceptible.

Une étrange gymnastique précédait ses exercices de chant : tirant la langue, elle se pinçait le nez, malmenait le lobe de ses oreilles, elle bâillait en forçant la mâchoire, puis roulait les yeux d'un coin à l'autre de la pièce. Appliquée et grave, elle portait à la perfection toutes les grimaces qui m'étaient défendues. Machinalement, j'inventais des figures compliquées en nouant des rubans. J'avais besoin de m'occuper ainsi pour ne pas avoir peur de cette Julia monstrueuse et animale. A mesure que son visage se déformait, je craignais qu'à tous les étages de la maison chacun se mette à l'imiter, pointant la langue, écartelant la bouche, avant de s'abandonner à des attitudes plus répréhensibles encore. Ils marchaient à quatre pattes, bientôt ils ramperaient, se mordraient, aboieraient peut-être. Je redoutais d'entendre des halètements de fous. Mais la belle voix de Julia s'élevait dans l'air. Elle semblait d'autant plus parfaite que cette parade de grimaces et de tics l'avait débarrassée des moindres impuretés. Les oreilles étirées, le nez comprimé, les lèvres qu'on fait vibrer, la mâchoire projetée en avant étaient donc nécessaires : le chant de Julia jaillissait, source limpide. Émerveillée, je songeais à la mélodie imprévisible du vent dans les grottes marines. Julia m'avait dit un jour que cette plainte aiguë qui roulait entre les rochers était celle de l'âme des marins disparus. Julia avait raison. Sa voix, puissante et magique, portait tous les mystères. Il me plaisait alors de l'imaginer sous les traits de la déesse d'un océan dont elle gouvernait les flots, déchaînant les tourbillons d'écume, apaisant la houle, laissant mourir les vagues sur un rivage inconnu.

Pour moi, Julia était une fête. Jamais elle ne cessait de m'étonner. Un crayon tombait-il à terre ? « Fa ! », s'exclamait-elle. Devant mon air surpris, elle expliquait : « C'est la note qu'a donnée le crayon quand il a touché le parquet. » Si le mistral se levait, elle m'apprenait à être attentive au moindre frémissement des feuilles. Elle le fredonnait sur une octave supérieure et cette musique qui l'accompagnait toujours me protégeait. Parfois, elle me prévenait aussi : « Si tu agis mal, Émilie, si tu as de mauvaises pensées, les deux "i" de ton prénom se révolteront. Entrecroisés, ils étoufferont ta voix, ils hurleront en toi comme des oiseaux et leurs becs déchireront ta gorge. Prends garde à eux ! Veille à leur fierté. Ils doivent se dresser avec force, claironner gaiement. Sinon, ils seront des entraves. Imagine que tes propres pas se croisent, chacun faisant obstacle à l'autre. Tu tomberais. »

Je comprenais que l'avertissement ne valait pas seulement pour moi. Le « i » de Julia laissait entendre qu'elle aussi pouvait être l'objet d'une menace. Je m'en aperçus lorsqu'un matin mon oncle Jean me vit sortir de la chambre de Julia. « Ce n'est pas bien, ça, dit-il en m'emprisonnant le coude dans sa main. Tu restes enfermée pendant qu'il fait si beau. Ah, elle a de la voix ta Julia ! Mais méfie-toi... Méfie-toi, c'est peut-être une sorcière. » Son rire inonda le couloir étroit, ses doigts me serraient le bras comme un étau. « Tu sais, c'est une... » Apeurée, je voulus me dégager. « Lâchez-moi, lâchez-moi ! » Ma gorge vomissait les mots, je ne voyais plus que les lèvres de mon oncle : « Des sangsues, pensai-je. Des sangsues. » Alertées par mes cris, ma mère et Julia étaient accourues. « Que se passe-t-il ? » Je fus incapable de répondre à ma mère, mais le regard terrible qu'elle lança à l'oncle Jean me rassura. Avait-elle compris ? Je ne le crois pas. Elle se tourna alors vers Julia : « Et toi aussi, laisse-la tranquille ! » Puis elle me demanda de descendre à la cuisine. Toutes les femmes de la maison s'y réunissaient pour parler en préparant les repas, et j'aimais les aider.

C'est la nourriture qui s'impose d'abord à ma mémoire quand je me souviens de cet été-là. La cuisine était envahie par les tomates et les poivrons. Les fruits étaient si abondants, leurs couleurs si variées qu'un visiteur aurait songé d'abord à des lampions alignés pour une fête continuelle. Mais des bruits insolites nous alertaient. Si on allumait le gaz, son sifflement s'étirait démesurément. Le robinet de l'évier fuyait. Le martèlement des gouttes d'eau rappelait le bruit, toujours plus mat, des pas sur la terre qui se desséchait, faisant voleter une poussière fine. Dehors, la chaleur devenait chaque jour plus intense. Les cigales, en frottant leurs ailes, semblaient vouloir grignoter l'air.

Tous ces sons m'inquiétaient, autant que l'irritation manifeste de Mathilde. Avant de parler de Julia, elle ménageait ses effets. La lenteur calculée de ses gestes, la manière appuyée dont elle faisait crisser sa cuillère sur le métal de la casserole quand elle tournait les sauces trahissaient ses mauvaises intentions. Mes soupçons se confirmèrent lorsque, m'approchant de la table où elle avait disposé les hors-d'œuvre, je constatai que le bois en était profondément entaillé. J'eus peur alors de ce vacarme et même le cliquetis des ciseaux coupant le persil me parut lourd d'un présage sinistre. Seul le four ronronnait comme si de rien n'était. Cette feinte indifférence me rassura d'abord. Puis j'eus un pressentiment : c'était lui qui manigançait tout et entraînait le reste.

Je remarquai que, affairées à la préparation des repas, les femmes choisissaient chacune l'instrument qui lui permettrait d'exprimer sa nature profonde. Munies de passoires, d'appareils à couper le chou, à moudre, à hacher menu, elles composaient un monstrueux orchestre dont les partitions cacophoniques parodiaient celles qui accompagnaient Julia quand elle était sur scène. Dans la cuisine, il s'agissait de faire obstacle aux chants, non de les soutenir.

Ma tante Armandine aiguisait sa voix en s'armant des longues aiguilles qui servaient à faire des brochettes. Mathilde jetait les couverts au fond du tiroir dans un déchaînement de mitraillettes. N'exprimait-elle pas ainsi son dédain de Julia et les mauvaises pensées qu'elle nourrissait à son encontre ? Elle retirait du tiroir les serviettes, les bouchons oubliés pour qu'aucune sonorité adoucie ne vienne suggérer une once de gentillesse ou de bienveillance.

Le ciel qui pesait sur la grande maison blanche était bleu et dur. Aucune moiteur ne l'affaiblissait. Impérieuse, la sécheresse de l'air découpait les côtes et les moindres reliefs des collines. Ces rocs si nettement dessinés excluaient la moindre possibilité de mensonge. Il aurait fallu se méfier, quitter la maison, monter plus haut, vers le Nord où subsistait la brume. Nous nous contentions de surveiller la rondeur des tomates. Elles n'avaient jamais été si rouges et si pleines. Il suffisait de les entourer de la main et celles qui étaient mûres se détachaient aussitôt, s'abandonnant sans même qu'il soit besoin de faire pression. Elles étaient encore chaudes. Leur jus était tiède comme du sang.

L'air sec nous égarait aussi par tous les parfums qu'il exacerbait. Le thym, la lavande, les herbes les plus banales se donnaient sous la violence du soleil. Nous sentions confusément une menace. S'agissait-il de ces incendies dont on nous annonçait l'imminence à la radio ? Nous étions cernés par les pins. Je me souviens des brindilles desséchées qui craquaient sous les pas, du vert pâli de la sauge, des feuilles durcies et racornies. Dans cette fournaise, tout était figé, soumis à une attente incompréhensible.

L'odeur des fritures m'avait chassée de la cuisine et j'errais dans la maison. Je n'aimais pas que l'on maltraitât ainsi Julia ni que l'on m'empêchât de la voir. A cet instant, un souffle traversa la pièce. C'était elle. Le feu du soleil découpait sa silhouette fragile dans l'embrasure de la porte. Sa voix brisa le silence lorsqu'elle s'approcha de moi : « Eh bien, Émilie, tu es seule... Lève un peu la tête. Regarde-moi. Tu as l'air sombre. Tu as des soucis ? Allons, allons... » Lorsque sa main effleura les boucles de mes cheveux, je sautai du petit banc sur lequel j'étais assise. J'aurais voulu demander à Julia pourquoi ces femmes la détestaient tant, mais les mots formaient une boule dans ma gorge. Malgré mon inquiétude, j'acceptai l'invitation de ma tante : « Allons nous promener, lança-t-elle. Là-haut, sur les collines, nous verrons peut-être la mer ! » Je savais la mer très lointaine, invisible, et pourtant je voulus la croire. J'imaginai le miroitement des vagues, leur rumeur, et sentis sur ma peau la pointe acide de l'eau salée. Comme une flèche de vif-argent, je me mis à courir en criant : « La mer ! Oh la mer ! » Julia ne chercha pas à me rattraper, elle me retrouva, essoufflée, au sommet de la crête rouge. Sur le flanc d'un vallon, des pins dressaient leurs cimes dénudées, frêles silhouettes que le vent avait dépouillées. Au loin, l'éclat d'une rivière scintillait sur le ventre de la vallée. « Regarde, nous sommes presque dans le ciel ! » s'exclama Julia en levant la tête. Du doigt, elle désigna un point noir qui se rapprochait : « C'est une buse ! Elle nous a vues. Ne la quitte pas des yeux, les ondulations de son vol dessinent des lettres. Regarde ! Un "V", un "O"... » Mais le rapace finit bientôt par plonger derrière la colline. Déçue, ma tante dut avouer que nous ne connaîtrions jamais son message. Le cœur battant, j'allai m'asseoir au pied d'un chêne-liège, inventant des mots, des bribes de phrase : « Vous êtes... Voici venue... » Qu'avait voulu dire l'oiseau ? La sécheresse des rameaux, l'herbe écrasée, le crissement des cigales me paraissaient autant de présages dont je n'arrivais pas à déchiffrer le sens. Julia vint prendre place à mon côté, songeuse. « L'été, dit-elle, est une maison pour moi. La maison de mes souvenirs. Les autres saisons sont des boîtes vides : je ne me rappelle pas avoir aimé un seul jour d'hiver, l'automne me paralyse et le printemps m'assourdit. » Venant de Julia, ces phrases ne me surprenaient pas, elles m'ouvraient au contraire les portes d'un rêve dont je percevais à l'instant même les senteurs. Le monde était un brasier.

Julia sortit un mouchoir de sa poche. En tirant l'étoffe, elle fit tomber une photo sur le rocher. Surprise, elle voulut d'abord la dissimuler. Elle me regarda puis, après une brève hésitation, elle me la tendit. Le cliché représentait l'orée d'une forêt avec, au premier plan, un fouillis de feuilles et d'herbes. A gauche, un homme assis prenait appui sur sa main afin de se relever. La tension de son corps était celle d'un animal de chasse prêt à bondir pour s'emparer de Julia et l'emporter au fond des bois. Je demandai :

« C'est ton amoureux ?

– C'était mon amoureux. Il ne l'est plus.

– Tu l'as quitté ?

– Non, c'est lui. Il est parti travailler en Amérique. Il voulait que je le rejoigne là-bas. J'ai refusé. Il a cessé de m'écrire. »

Le désarroi de Julia m'étonna.

« Mais pourquoi ne l'as-tu pas quitté avant d'être malheureuse ? »

L'air rêveur, elle lissa du dos de la main le tissu de sa jupe.

« C'est vrai », dit-elle, et elle se mit à rire. Mais ce rire dérangeait. Bardé de piquants, il était proche de ces oursins qu'on évite au bord de la mer. A l'entendre, il me donnait envie de pleurer. « C'est de ma faute. J'aurais dû le quitter la première. Mais je me sentais si bien dans ses bras ! Pour moi, plus rien n'existait au-delà de cet espace étroit. »

Brusquement, un très court instant, celui qui suffit à une hirondelle pour survoler un champ, le ton habituel de Julia réapparut, avec cette légèreté joueuse qui me séduisait :

« Ne fais pas comme moi. Quand tu aimeras un homme, n'oublie jamais qu'il s'agit seulement d'une halte. Toi, tu t'arrêtes là pour cueillir des sourires, des baisers. Bientôt tes bras seront trop chargés, alourdis par cette profusion...

– Tu es allée avec lui, dans la forêt, derrière les arbres ?

– Oui, dit-elle. Nous avions longtemps marché. Je me suis assise là. »

Elle désigna les herbes sur la photo comme pour retrouver son propre fantôme. Avant d'appuyer sur le déclic de l'appareil photographique, l'ancienne Julia avait donc ri à côté de l'homme, sous les feuilles des arbres qui jetaient des ombres dansantes sur sa figure. Je cherchai en vain une trace. Je l'interrogeai :

« Tu es sûre ? »

Elle montra le bas de la photo, un peu en retrait de l'homme. Les herbes avaient été malmenées. Certaines, écrasées, restaient collées contre la terre, d'autres se redressaient à moitié. Une tempête semblait s'être déchaînée là.

« Vous vous étiez disputés ?

– Non, répondit-elle, me reprenant la photo. Nous nous aimions. »

Je contemplai les herbes pour comprendre leur enchevêtrement, saisir l'instant où elles s'étaient brisées. Les feuillages au-dessus d'elles montraient bien qu'aucune bourrasque ne les avait brutalisées. Rien ne pouvait m'indiquer les paroles que les amants avaient échangées. Dans les herbes couchées, j'épiai alors l'empreinte de leurs corps. Où avait-il posé sa tête ? S'était-elle allongée, aussi à l'aise que dans son lit ? La surface tourmentée de l'espace témoignait de leur étreinte. A certains endroits, la terre, sans doute piétinée, souillait le vert de taches opaques. Tous ces indices restaient confus, difficiles à interpréter sous des effets de contre-jour. La lumière introduisait des brillances métallisées. J'imaginais que la gaieté de Julia était restée là, prisonnière, puisqu'elle avait maintenant un visage semblable à celui de toutes les autres femmes de la famille. A côté, l'ombre qui serpentait, répétant les méandres du feuillage, n'était-elle pas un piège ? Le malheur se lisait sur les lignes plus sombres qu'elle traçait. Mais comment distinguer dans cette profusion de verdure les éléments qui avaient été bénéfiques, ceux qui lui avaient fait mal ?

Ce mystère m'oppressait. Je n'avais plus envie de continuer la promenade. Julia non plus. Nous nous levâmes. Par bouffées, l'odeur des lavandes devenait plus intense, pesante, à mesure que nous descendions vers la maison. Je m'arrêtai devant un massif de lauriers-roses pour cueillir une fleur. Le vol d'une guêpe me surprit. Je ne pus retenir un geste brusque. L'insecte disparut, mais une brûlure sur le dos de la main m'apprit qu'il m'avait piquée. Le souffle court, retenant mon envie de crier, je m'appuyai contre un mur. La douleur s'amplifia si vite, avec tant de violence qu'elle égratigna mon cœur, comme une ronce. A mesure que ma main gonflait, le venin, en se répandant, me métamorphosait insidieusement. Une acuité insolite me permettait soudain de tout voir d'un autre œil. Brusquement, il m'apparut que Mathilde se déshabillait toujours en laissant la porte ouverte. D'ailleurs, elle se changeait plus souvent que nécessaire. N'était-ce pas pour le seul plaisir de se laisser entrevoir nue ? Bien sûr, plus tard, quand je lui fis part de ce soupçon, elle démentit. Avec cette lucidité que le venin me conférait, j'eus la conviction qu'en vérité elle s'exhibait. Une nouvelle poussée du venin m'entraîna plus loin : qui voulait-elle ainsi provoquer ? Guettait-elle le pas d'Alexandre ? Cette idée fut chassée par une autre : pourquoi ma mère se précipitait-elle toujours pour répondre au téléphone ? Elle pâlissait presque. Ses lèvres s'entrouvraient déjà. Personne d'autre qu'elle ne devait décrocher. De même, j'élucidai les raisons de la haine qui animait mes tantes. Quand elles se rencontraient par hasard dans un couloir, elles se parlaient d'un air pincé. Une rancune, tenace malgré les années, les dressait l'une contre l'autre. Je devinai une jalousie et une trahison. Un nouvel élancement douloureux me souffla qu'il fallait m'interroger sur l'attention excessive que l'oncle Henri portait à Mathilde.

Non seulement le venin m'éclairait sur les événements présents, mais il me donnait encore la faculté de me projeter dans le passé, même celui qui ne m'appartenait pas. Les intrigues qui l'avaient marqué se dénouaient. Elles révélaient ce qui m'avait paru jusqu'alors incompréhensible. Une évidence m'assaillit : toutes les femmes de la famille avaient été frappées d'une malédiction. Julia devrait la subir. Et moi aussi. Nous ne pourrions échapper à ce sort funeste. Cette lucidité fulgurante me sembla durer des heures. Ma main restait figée et mon poignet commençait à gonfler. Puis les élancements cessèrent et la clairvoyance disparut avec la douleur. J'entendis alors la voix de Julia me glisser à l'oreille : « Ce soir, je viendrai te voir. Je te confierai un autre secret. Ne t'inquiète pas si tu entends gratter à la porte de ta chambre. Tu m'ouvriras ? »

Julia éteignit la lumière. « Mets-toi nue », ordonna-t-elle. Les volets ouverts laissaient voir un ciel étoilé. La lueur nocturne dessinait sur le parquet un rectangle plus clair que le reste de la pièce. C'est là que Julia me conduisit.

« Recueille chacun des rayons qui viennent sur toi, chuchota-t-elle. Soulève tes cheveux pour qu'ils atteignent aussi ta nuque. Écoute ton corps. Tourne-toi. Offre-toi à la lune. Quand la lune est pleine, la nuit devient magique. Un livre le dit : "Tu seras belle à ma manière. Tu aimeras ce que j'aime et ce qui m'aime : l'eau, les nuages, le silence et la nuit ; la mer immense et verte ; l'eau informe et multiforme ; le lieu où tu ne seras pas." »

J'avais froid, mais n'osais l'avouer. Elle m'effrayait, cette clarté blanche qu'irradiait la nuit. Je tournais en silence sur moi-même, accomplissant chacun des gestes demandés : je voulais mériter la confiance de Julia et rester sa complice.

« A moi maintenant », dit-elle. Mais, sur ses seins, les rayons ruisselaient en cascades. Dressée sur la pointe des pieds, Julia tendit son visage comme pour boire une eau précieuse. Elle ferma les yeux avec la ferveur qu'on destine à un amant. La luminosité revêtait sa peau d'une transparence nacrée. Pour quelle prière s'agenouillait-elle, la chevelure en désordre, le front posé sur ses genoux ? Était-ce cette soumission qui rendait sa voix si belle ? Sans aucune humilité, elle s'étirait pour capter toute la puissance de la lune.

Elle se releva d'un seul bond et s'écria : « Je suis prête. » Elle ferma les volets pour recréer l'obscurité. « Nous n'avons plus besoin de la lune. Nous lui avons pris ses pouvoirs. Ce sont nos corps qui éclairent désormais. » En riant, elle m'entraîna jusqu'à la table qu'elle avait recouverte d'une nappe blanche, comme pour un festin ou une messe. Je n'avais vu que ce premier préparatif, quelques heures plus tôt, puis elle m'avait interdit la pièce.

Après m'avoir ordonné de fermer les yeux, elle

me guidait, écartait les chaises contre lesquelles je risquais de me heurter. « Oublie tes mains, dit-elle, ne t'en sers pas, elles sont trop savantes, elles te perdraient. »

Elle me quitta et, m'avançant d'un pas, le cœur battant, je sentis la table. Les instruments d'une initiation étaient disposés là. Par le toucher, mais sans utiliser les mains, sans rien voir, en exerçant la sensibilité de mon corps, je devais identifier des objets que Julia avait choisis. « Imagine. Tu es devant un piano, tu effleures l'ivoire de ses touches, tu dois reconnaître le timbre de leurs notes. »

Elle ramenait tout, inexorablement, à la musique. C'était sa loi. Rien d'autre ne comptait vraiment. Le monde avait pour elle la légèreté des notes qu'elle chantait. Cette nuit-là, ma tante m'apprit à écouter la plus grave des musiques : celle que le corps compose, par sa seule vie, sans même recourir à la voix. Je me penchai, frôlai de ma joue les objets éparpillés sur la table. Ne devinant rien, j'essayai mes seins, qui me paraissaient plus sensibles, ou mon épaule. Un métal froid, lisse, dont la surface présentait un renflement, pouvait être aussi bien la bouilloire de ma grand-mère que le pot d'étain où l'on mettait des bouquets de fleurs. Plus loin, une étoffe pelucheuse évoquait le plaid écossais d'un divan. Elle se révéla trop riche, trop épaisse pour être confondue avec lui. Je pensai alors au vieil ours qui avait appartenu aux enfants de la famille. Il avait pourtant un poil plus râpeux, et cette douceur rappelait celle de la fourrure. Mais pourquoi Julia se serait-elle encombrée d'un manteau aussi chaud pendant l'été ? Ce n'était pas non plus le tapis de la salle de bains. Je songeai à la pelisse, un peu rase déjà, qui était jetée sur des coussins pour masquer les endroits abîmés. Bientôt l'émerveillement de ce contact inconnu me fit oublier ces interrogations. Ma tante me rappela à l'ordre : « Tu n'as encore rien découvert ! Fais vite, sinon, c'est moi qui gagne ! »

Un soupçon m'effleura : ne s'agissait-il pas d'un lot de ces houppettes avec lesquelles ma tante se poudrait le soir d'une représentation ? La gagnante serait celle qui, ayant deviné le maximum d'objets, arriverait la première au bout de la table. Je m'écartai d'un pas. Une forme chaude et molle glissa sous mes seins. Je me redressai, effrayée de la trace humide que ma peau en gardait. Des œufs durs dont la coquille était enlevée ? J'imaginai encore du fromage de brebis ou une gelée : au moindre contact, cette matière informe se dérobait, s'enfonçait. Tout était suspect. La terre se peuplait de sensations imprévisibles qui me soumettaient à un étrange délice. Mais ma tante venait orchestrer ce tumulte :

« Ferme bien les yeux, Émilie, n'écoute que ton corps. Imagine une harpe aux cordes immobiles. Fais vibrer chacune d'elles. Une à une, tu les éprouves. Ces notes te heurtent. Cette musique qui te bouleverse, tu ne sais pas la guider. Ton corps te surprendra toujours. Tu croyais être un violon ? Tu deviendras violoncelle ou luth. Chaque amant te transformera ainsi. Et tu ne pourras l'aimer que si tu sens naître, entre lui et toi, une nouvelle musique.

– Comment le saurai-je ?

– Oh ! Il suffit qu'il touche ton poignet du bout de son doigt, ou que l'air, sans raison, devienne plus fluide entre vous deux. Mais certains hommes, quoi qu'ils fassent, ne suscitent qu'un vacarme, le bruit des boîtes de conserve qu'on traîne sur le sol, celui d'une poêle dont on racle le fond pour en arracher l'omelette brûlée. Tu dois le deviner, avant même qu'il ne t'approche. Souviens-toi, ton corps sait tout ! Aie confiance en lui : il a capté la magie de la lune. »

Impatiente de vivre ce que Julia m'annonçait, je tremblais presque, émue encore par la tension de sa voix et la crainte de mal identifier les objets dispersés sur la table. Mon corps s'éveillait. La musique, la musique... Impétueuse, une clameur sauvage se déchaînait en moi. Je ne savais plus quels noms donner aux émotions qui me violentaient. J'entendis Julia me glisser dans un souffle : « Tu étais une petite fille, Émilie. Comme une fleur monstrueuse, la nuit a englouti tes rêves d'enfant. Femme de lune. Tu es devenue femme de lune. »

« Ce matin, nous avons marché dans les rues de Tanger. C'est une ville où chaque coin de rue affirme sa légende. Jamais, dans aucune autre ville, les murs ne m'ont paru aussi éclatants, la pierre aussi invincible. Tu marchais à grandes enjambées. J'essayais d'inscrire mes pas dans la cadence des tiens. As-tu remarqué combien, obstinément, je choisissais les dalles les plus sonores ? C'est une habitude prise depuis si longtemps... Le bruit de mes talons sur le sol ne parvient pourtant pas à réveiller le silence. Julia n'est plus là pour désigner le nom des notes autour de moi. Le monde est-il brusquement mort, lui aussi ? J'ai beau tendre l'oreille, plus attentive que jamais, la forêt des sons s'est tue. »

L'homme s'était raidi, puis, repoussant les draps,

s'était levé. Elle avait entendu un robinet grincer, l'homme était revenu, un verre d'eau à la main. Doucement, il le lui avait tendu. Comme un animal à l'orée d'une oasis, elle sentit ses lèvres s'épanouir au contact de l'eau fraîche. En levant les yeux par-dessus le verre, elle vit le regard de l'homme. Il était dur. Une lame d'acier sans pitié. « Tu as fait l'amour avec Julia ? » Il la scrutait obstinément, il voulait ignorer le désarroi qu'avaient suscité ses paroles. « Réponds. » Une lame s'enfonçait dans sa gorge. Elle était prisonnière. « Réponds-moi ! »

Elle reposa le verre sur la tablette près du lit et, se tournant à demi vers l'homme, elle murmura : « Viens, viens contre moi. » Sa main caressait l'oreiller, elle était une vague de feu, inquiète. L'homme baissa les yeux et vint s'allonger près d'elle. « Je t'aime tant, je t'aime tant, je t'aime. » Il enfouit son visage dans ses cheveux, il voulait oublier, apaiser sa brûlure. La femme rejeta lentement la tête en arrière : « Embrasse-moi... »

L'ampoule de la lampe qui éclairait la table de la salle à manger était trop forte. Le soir, au dîner, elle accusait les traits, creusait les cernes. Les visages revêtaient alors une vérité inhabituelle. J'espérais que cet éclairage impitoyable m'apprendrait tout ce que je ne savais pas. Julia me l'avait dit : j'étais une femme de lune, je devais découvrir l'amour. Celui-ci n'habitait ni le sourcil froncé de mon oncle ni le teint plombé de ma mère. Mais je pressentais qu'il était caché, là, dans les paupières lourdes de ma vieille tante qui, pourtant, en plein jour, n'évoquait que le devoir et la lassitude.

Aussi curieuse que si j'épiais à travers les volets fermés d'une maison inconnue, j'écoutais les conversations, les moindres détours des mots. Mais un plaisir dérobé à la nuit me renseignait davantage, quand, après avoir traversé ma chambre, à l'insu de tous, marchant avec précaution pour ne pas faire grincer le plancher, j'arrivais enfin à la fenêtre et l'entrebâillais. L'air frais, son délire exquis me surprenaient chaque fois : d'un geste rapide je soulevais ma chemise pour appuyer mes seins sur la barre froide du balcon. La nuit m'étreignait. J'attendais que ses ténèbres se referment sur moi.

L'enseignement de Julia différait des propos que j'avais l'habitude d'entendre. Dans ma famille, on parlait de fidélité, d'amour unique, on regardait avec déférence ma grand-tante Tania qui s'était enfuie de Russie avec ses enfants ; son mari devait la rejoindre dès qu'il aurait un faux passeport. Il n'avait pas réussi à s'échapper. Elle avait reçu deux ou trois lettres prudentes et vagues, à cause de la censure. Bientôt, son courrier lui fut retourné. Elle ne savait plus où écrire. Dès qu'on sonnait, elle portait la main à son cœur. Tant qu'il n'y avait pas d'avis de décès, elle demeurait persuadée qu'il reviendrait un jour.

A cette image de la fidélité s'ajoutait celle des vieilles femmes habillées de noir qui venaient se recueillir à l'église du village. J'imaginais qu'elles venaient toutes prier pour leur mari mort. A l'entrée, près de la grande nef, se dressait une réplique en bronze du saint Pierre de Rome. Son pied, chaussé d'une sandale, sortait des plis des vêtements et avançait au bord de la niche, s'offrant aux petites vieilles qui se penchaient pour l'embrasser. Les baisers ainsi accumulés avaient fini par éclaircir le bronze, ils étaient même parvenus à user le bout charnu de l'énorme pouce. Émue de constater la force des lèvres, je m'inclinais à mon tour.

Mais Julia se moquait bien de tout cela : « Elles se trompent, assurait-elle avec entrain. Quand tu aimes un homme, tu es éblouie. Tu ne peux plus distinguer ses traits. Entre deux reflets, tu crois les deviner par intermittence. Tu t'interroges, tu ne sais plus si ses yeux sont bleus ou verts, marron ou gris. L'air même frémit autour de lui. Et puis un jour, le mirage s'estompe et dévoile un décor de carton peint. Tu découvres enfin le visage de ton amour. Si, sans hésiter, tu peux le décrire avec précision, la preuve est faite : tu ne l'aimes plus. Il faut alors partir. Autant d'hommes, autant de nouvelles vies. Même quand tu étreins ton amant, au plus fort de ta passion, n'oublie pas de te tenir toujours prête à le quitter. »

Ainsi parlait ma tante que l'on blâmait d'être

légère. Rythmant ses paroles, son pied se balançait, impatient. Les plis de sa robe s'animaient au moindre souffle de vent et, à chacun de ses mouvements, l'étoffe de son corsage suivait sa respiration. Il me semblait que ma mère, ma grand-mère portaient au contraire des vêtements raides et lourds qui les immobilisaient.

Quand tous dormaient, je murmurais les mots sacrés, tant attendus : « Je t'aime. » Ils ne s'adressaient à personne, mais affrontaient l'obscurité pour forcer l'avenir. Je les répétais plusieurs fois, appelant mon destin avec ardeur. La nuit restait close. Aucun interlocuteur ne surgissait et mes bras étreignaient le vide. Comme un voleur qui, l'ouïe attentive, tâtonne pour deviner le chiffre d'un coffre-fort, je rusais, modulais ma voix, lui donnais des accents de tendresse, d'appréhension, ou la douceur d'une prière. Si je trouvais le ton juste, le destin chevaucherait les années pour répondre à l'invite. Il fallait travailler ma voix avec attention : ne pas l'aventurer trop loin dans le futur par crainte de rencontrer celle des ruptures ou des douleurs. Je chuchotais.

Pour provoquer le sort, j'ôtai ma chemise de nuit. Nue, j'allai, d'un pas retenu et égal, jusqu'à l'armoire à glace qui occupait le fond de la pièce.

Quand elle s'entrouvrait, il en sortait un parfum de vieux bois mêlé de citronnelle et de lavande qui me racontait les parures dépliées le soir des noces, les rubans d'une robe de bal, une lettre d'amour cachée sous la pile des draps.

La lumière faible de la lampe éveillait des reflets sur le miroir de la porte. On aurait cru un lac aux transparences inégales. A mesure que j'approchais, ses couleurs changeaient, emportées par un remous invisible.

« Je t'aime », murmurai-je. Ces mots déposèrent sur la glace une buée légère qui étouffa les brillances. Bravant l'interdit, j'appuyai alors mes lèvres. Un froid rapide figea la chaleur de mon souffle. Je m'arrachai à ce baiser et courus me réfugier dans mon lit.

Pour mieux définir l'amour, j'essayais de le dessiner. J'utilisais une seule feuille et partais des quatre coins pour circonscrire, par une série d'approches successives, ce sentiment étrange. Mes traits de crayon rassemblaient les informations que j'avais pu glaner. A des fragments de conversation s'ajoutaient les scènes d'un film, des images découpées dans les magazines. Je coloriais ce soleil brûlant dont m'avait parlé Julia, ses boucles d'oreilles préférées, un flacon du parfum, un voile de mariée.

Non loin, c'était la dentelle rose et noire du slip qu'elle avait vite caché quand ma mère était apparue dans l'embrasure de la porte. J'inventais une carte postale que je couvrais de lignes illisibles. Elles entouraient ces mots – « Chéri, je t'aime » – tracés en majuscules. Une coupe proposait le philtre magique qui avait uni Tristan et Yseult. Une photo montrait le visage de Michèle Morgan derrière une vitre battue par la pluie. Il y avait aussi, coloriée avec outrance, la petite boîte en forme de cœur dans laquelle ma mère gardait mes dents de lait : c'était un cadeau de mon père pour leurs fiançailles. Tous ces indices étaient entremêlés de signes cabalistiques destinés à marquer mes liens avec le mystère dont s'entourait l'amour : il convenait de se servir de ses propres armes pour le capturer. Mais comment représenter les rires ? Un zigzag bleuté s'acharnait à rendre la nuance fugitive qui passait sur le visage de ma mère chaque fois qu'elle entendait prononcer un certain prénom.

Plus tard, en examinant cette feuille, je découvris une immense vague destinée à évoquer le bruit de la mer quand elle se fracasse sur un rocher. Parce qu'elle m'avait fait peur, j'en avais fait la complice de l'amour.

Je m'emparai en cachette du rouge à lèvres de

ma mère et attendis la nuit pour m'en farder. Il donnait à ma bouche un goût qui me fit entrevoir les paradis espérés. Quand j'osai à nouveau mon baiser sur la glace de l'armoire, un écran compact et subtilement parfumé me protégea du froid.

Le lendemain, lorsque j'ouvris les volets, le miroir révéla deux traces un peu visqueuses, aux stries régulières : deux limaces avaient cheminé là. Cette souillure était un avertissement. Des menaces accompagnaient le baiser. Il pouvait perdre ses pouvoirs, comme ces pétales pâlis retrouvés entre les pages d'un livre.

Seule l'eau, si furtive qu'elle fût, pouvait envelopper tout mon corps. Quand je prenais un bain, elle éveillait, en glissant sur mes seins, un plaisir discret, à peine discernable. Je me levais lentement pour goûter la douce incertitude avec laquelle elle cherchait son chemin sur ma peau. Le jet de la douche frappait ma nuque, j'imaginais des baisers joueurs qui se posaient sur mes hanches, jusqu'au creux des reins. L'idée de caresses plus intimes ne m'effleurait pas.

Pauline me fit découvrir ce territoire défendu. Elle était venue passer quelques jours chez nous et partageait ma chambre. Il faisait trop chaud pour se promener. Nous restions dans la maison. Elle révisait un examen, je feuilletais des livres. Pauline, qui avait deux ans de plus que moi, confirmait ce privilège d'aînée en guidant mes lectures. Elle venait de découvrir Colette et m'apprit que l'une des héroïnes de la romancière se plaisait à respirer de l'éther à l'heure de la sieste.

« Pourquoi ne pas faire comme elle ? », proposai-je.

Pauline n'osa se montrer moins audacieuse que moi, et le soir, quand arriva la nuit dont nous avions tant espéré la fraîcheur, elle renversa le flacon sur un morceau d'ouate. Attendu telle une friandise, l'éther ne délivra d'abord que le souvenir décevant des infirmeries et des vaccins. En s'affirmant, ses effluves déchaînèrent un froid toujours plus intense. Sous des bourrasques glacées, des paysages inconnus défilaient devant nos yeux. Des aventures fantastiques, à peine esquissées, nous emportaient, dérobées aussitôt par d'autres rêves qui s'effaçaient déjà.

Des mots parvinrent jusqu'à moi : « Émilie, tu veux que je te fasse ce que nous aimons, ma cousine et moi ? » Je ne répondis pas. Ce chaos d'images qui me berçaient loin du sommeil se figea, suspendu par une évidence : j'étais jalouse de cette cousine.

Le drap qui me recouvrait fut écarté. Une sorte de soie tiède me frôla : c'étaient les seins de

Pauline. Comme si elle avait décidé de me protéger, elle s'allongea sur moi. Ses cheveux coulaient sur ma joue et elle murmurait : « N'aie pas peur. » Quand elle se redressa, le froid s'imposa à nouveau. Je n'avais pas l'énergie de me soulever pour ramener le drap. Les longs cheveux de Pauline se répandaient sur mon ventre, ils étaient devenus algues d'amour, aussi chauds et souples qu'un animal. Pauline ouvrit mes cuisses avec autorité. Effrayée, je voulus lui échapper. Les algues se firent plus lourdes, ondulèrent avec plus de force sur mon ventre. Mais la joue de mon amie, en m'effleurant, me rassurait. Une caresse insolite me submergea. Alors, dans la nuit complice, mon propre souffle me devint inconnu.

Longtemps j'avais redouté cette chose noire et rouge enfouie entre mes cuisses. Un matin, décidée à l'examiner, je m'étais enfermée à clef dans la salle de bains avec le sentiment de commettre une mauvaise action. Lorsque je m'accroupis devant un miroir posé au sol, la multiplicité des replis, leur couleur sombre m'effrayèrent. Je me relevai vite, le cœur battant. Il fallait cacher la bête monstrueuse. Son nom même était interdit. Chaque petite fille lui donnait un surnom particulier, un peu ridicule, kikili, foufounette... Toutes ces appellations avaient pour constante le redoublement des syllabes. La voix ne quittait pas le mot, s'y attardait, comme une main qui flatte le dos d'un animal. L'amadouer était une ruse, une façon de l'apprivoiser, de nier ses pouvoirs. Chaque famille avait ainsi son propre code et, pourtant, le plus souvent, la menace que l'enfant abritait sous ses vêtements n'était que chuchotée, et seulement à certaines heures. Parfois, pour l'affaiblir encore, la mère entrecoupait le diminutif de rires ou de baisers. Il arrivait qu'elle se plaise à en inventer d'autres que personne n'aurait jamais entendus.

Mais Pauline n'en avait pas peur. Ses lèvres s'en étaient emparées. Sa langue décrivait les replis qui m'avaient effrayée. Par jeu, ses dents s'inscrivaient dans ma chair comme de petites groseilles. Plus douce qu'un duvet d'oiseau au creux de la paume, la langue me semblait l'incarnation d'un simple frémissement de l'air, et en même temps je m'imaginais attachée à une roue, poignets et chevilles liés. Celle-ci oscillait, bientôt sa vitesse m'emporterait jusqu'à la folie.

Pauline s'écarta de moi. Je voulus me redresser, la rejoindre. Mais mes paupières étaient trop lourdes, mes bras s'abandonnaient au sommeil.

Le lendemain, je souriais en me réveillant. Pauline bordait son lit avec des gestes brusques. Elle se détourna à peine lorsque je l'appelai :

« Je suis en retard », dit-elle d'un ton sec.

Plus jamais il n'y eut de rires entre nous. Notre amitié avait pris fin. Pauline s'enfermait dans ses livres pour éviter de me parler. Aucune allusion ne fut faite à la nuit qui nous avait unies pour mieux nous séparer. Quelques jours après, elle partit et tout disparut de ma mémoire.

« Lorsque je regarde ma main qui prend un verre ou un livre sur la table, il m'arrive de croire qu'elle ne m'appartient plus. A certains moments, Julia vit ainsi en moi. Il n'est pas question de la repousser. Mes amants, parfois je ne les ai aimés que pour lui plaire. Il lui fallait cet homme, alors je cédais et je m'allongeais sous lui. Je ne lui ai opposé qu'un refus : jamais aucun chant n'a franchi mes lèvres, pas même les premières mesures d'une mélodie. J'avais peur.

« Mais toi ? Est-ce que tu lui aurais plu ? Elle ne répond pas. Pour la première fois, elle a disparu. Je caresse ton visage, et mes mains sont réellement les miennes. Tu la fais fuir.

« Quand nous nous sommes promenés hier, il y avait de la mousse dans les interstices des planches du ponton jeté sur la mer. Cette mousse, je la découvris avec étonnement, clin d'œil à moi seule adressé. Elle surprenait dans un pays si chaud. Tout m'était étranger. La mer agitée, les couleurs éteintes sous un ciel lourd qui s'étirait sans fin. La surface du bois sur laquelle s'agrippait la mousse, comme si elle le grignotait, était plus sombre, noyée d'une humidité que rien ne devrait pouvoir vaincre. Cette zone d'ombre entêtée me fit revivre bizarrement l'extrême tension qui avait marqué l'été maudit de mon enfance : tandis que le jardin s'étiolait sous l'ardeur du soleil, dans la cuisine une ombre venimeuse rendait encore plus pernicieux les propos tenus contre Julia et renfermait celle-ci sur ses secrets. »

Émilie repoussa le drap du bout du pied. Elle se sentait soudain épuisée, vaincue par ses souvenirs, vaincue par le silence de l'homme qui évitait désormais son regard. Était-il blessé ? Ou bien ses paroles l'avaient-elles contraint à s'enfuir dans un autre monde ? En confrontant ainsi leur promenade sur la plage ce matin et son lointain passé, elle essayait de lui expliquer comment les faits s'étaient enchaînés, inévitables, pour conduire à cette monstruosité qui s'était épanouie telle la mousse tentaculaire sur le bois. Il lui était difficile de raconter. Elle avait peur des mots dans le noir de la chambre. Peut-être était-ce pour se rassurer qu'elle tendait encore la main vers l'homme. Elle voulait l'apaiser : « Viens, viens près de moi. »

Mais leurs corps ne se touchaient pas. Elle n'osait franchir la distance qui les séparait. Pourquoi ne lui répondait-il pas ? Un claquement déchira l'air. Une porte fermée dans le couloir. Puis un éclat de rire. Était-ce le couple du restaurant, assis un peu à l'écart autour d'une table ronde ? Une jeune fille était passée près d'eux, proposant des fleurs. La femme s'était penchée pour les sentir. Elle riait. D'un signe, l'homme avait renvoyé la fleuriste.

Le silence retomba, presque vibrant. Elle hésitait à le troubler, soumise au poids de ces ténèbres qui semblaient retenir encore l'écho de son impatiente prière. Elle avait laissé glisser sa main sur le drap. Dehors, un pas égal et mesuré martelait le trottoir. L'inconnu qui marchait ainsi ne redoutait rien de la nuit. Il s'y coulait, la traversait sans crainte, sans remarquer non plus les bonheurs qu'elle pouvait donner. Il poursuivait son chemin, enfermé dans ses pensées, tendu vers son but. Dans la résonance de ses semelles sur le sol, on percevait, si l'on y prenait garde, le déroulement souple de sa démarche, le talon d'abord fermement posé, et ce léger suspens qui correspondait au retrait du pied. L'étranger paisible pénétrait dans leur intimité, plus présent que le bruit des glaçons entrechoqués dans le verre que l'homme, à côté d'elle, portait maintenant à ses lèvres. Mais ce pas leur avait ouvert la nuit.

De sa jambe elle toucha timidement le genou fléchi sur le drap et se rapprocha. Quand elle fut contre l'homme, elle n'entendit plus un son. Le monde s'effaçait. Posant la main sur le cœur de son amant, elle n'écoutait que sa respiration légère. Enfin, il la pressa entre ses bras, et le bruissement de son propre sang l'étourdit telle une tempête. Elle se rappela l'oiseau qu'un soir d'été elle avait vu tournoyer au-dessus de la colline rouge. Entraînée par un souffle incandescent, elle s'apaisa un instant, convaincue que la nuit serait bienfaisante si l'homme cédait à son élan. Il soumettrait les ténèbres, ferait taire le frémissement des feuilles battues par le vent. « Femme de lune, je suis une femme de lune », murmura-t-elle. Pressant ses paupières, elle imaginait soudain ces feuilles comme une promesse, minces lueurs argentées qui filaient, se dérobaient. On aurait cru l'éclat volé d'un diamant. Et elle sentit la lune toute proche, complice, quand l'homme l'étreignit.

La deuxième branche du marronnier était mon refuge. Je venais m'y installer dès mon réveil et, le dos appuyé contre le tronc, je lisais en mangeant mes tartines. Dissimulée par les feuilles, je ne prêtais guère attention aux allées et venues. Un matin, je fus distraite de ma lecture par le grincement de la porte d'entrée. Julia se tenait dans l'embrasure, l'air effarouché. Les traits de son visage étaient tirés, creusant les joues. Elle avait attaché ses cheveux en arrière et son front dessinait un rectangle inhabituel. Pendant un long moment, elle demeura immobile, scrutant la route qui prolongeait le portail, puis elle rentra en soupirant.

A plusieurs reprises, la porte grinça. Ma tante retenait visiblement son impatience de courir.

Son vrai visage était-il celui-là, âpre et inquiet ? Son insouciance coutumière, sa gaieté n'étaient-elles qu'un masque ? Je décelais à présent, derrière son expression tendue, une fragilité qui contredisait la plénitude de son chant : je prenais conscience de pénétrer un secret que Julia elle-même ignorait peut-être. Honteuse de mon indiscrétion, j'allais manifester ma présence lorsque ma tante s'élança dans l'allée : le facteur venait d'arriver.

Elle revint en marchant à pas lents, une lettre à la main, et s'arrêta près d'un arbre pour la lire. Ses mains serrées sur le papier et tout son corps trahissaient une émotion. Comme si elle ne pouvait la contenir, elle se tourna brusquement vers l'arbre, appuyant sa joue contre l'écorce, au risque de se meurtrir. Soudain, impétueuse, elle courut vers la maison.

La scène n'avait duré qu'un bref instant, mais, intriguée, je décidai de ne pas redescendre. L'odeur âcre et chaude du marronnier m'enivrait. J'imaginais ses racines fouissant la terre noire obscure, les filets de sève qui couraient dans ses veines, les cohortes d'insectes invisibles qui partaient à l'assaut de sa cime et, sur les feuilles les plus hautes, frappées par le souffle tiède de l'air, l'éblouissement du soleil.

Le soir, lorsque Julia nous rejoignit, plus tard que d'habitude, elle semblait avoir pleuré. Pourtant ses gestes étaient calmes, sereins même, et elle riait au moindre prétexte. Une force imperceptible la happait parfois. Ses yeux s'embrumaient, elle regardait dans le vague, laissait une phrase en suspens, oublieuse de notre conversation ou de l'objet vers lequel elle tendait le bras. Ce songe qui l'emportait, était-ce l'amour ?

Je surveillais Julia, scrutais son visage égaré quand le facteur ne passait pas ou lui donnait des lettres qui ne lui étaient pas destinées. Elle revenait alors vers la maison d'un pas hésitant : toujours, lorsqu'elle était triste, elle se montrait maladroite. Un matin où elle retournait dans sa chambre après avoir attendu en vain, un mouchoir tomba de sa poche. Je le ramassai. Mouillé de larmes, il était constellé de petits trous, comme si elle l'avait mordu pour étouffer ses sanglots.

Le marronnier devint mon observatoire favori. Bien cachée, j'essayais de deviner les secrets de chacun. Mais cela ne me suffisait pas. Désormais, je voulais tout diriger. Il me fallait des pouvoirs magiques. Je confectionnai des petites poupées avec la mie de ma tartine, de la brioche mâchonnée ou des biscuits oubliés dans l'arbre et amollis par la fraîcheur de la nuit. Chacune de ces figurines représentait l'un des habitants de la grande maison blanche.

« Où sont passées mes épingles ? s'énervait ma mère qui voulait raccourcir une robe. Qui a fouillé dans ma boîte à ouvrage ? »

Je me gardais de répondre. J'avais choisi les plus attrayantes, celles qui étaient surmontées de minuscules boules de couleur. Il ne fallait plus que ma tante rentre en traînant le pas ou en pleurant : pour faire disparaître son chagrin, il suffirait de planter dans la main de son effigie une aiguille surmontée d'un point vert. La gaieté de ce petit lampion de fête était une promesse : demain, le facteur viendrait et elle sourirait. Je ne voulais que du bien à Julia. Amoureusement, je lui avais sculpté un corps lisse. Nulle aspérité n'arrêtait les doigts quand je la touchais. Au contraire, ma tante Armandine était modelée dans une pâte de croissant mal mâché qui se fendillait en séchant : Armandine était hérissée de pustules.

Certaines de mes figurines présentaient des angles vifs et une apparence rigide qui leur conféraient la noblesse des statues. Ma mère en était un exemple. Je n'avais cependant pu résister à la tendresse que j'éprouvais pour Julia : je lui avais incliné la tête pour caresser plus aisément sa joue. Des traits de caractère s'affirmaient : le crâne de Mathilde ressemblait à celui d'un squelette à cause des dents que j'avais dessinées au stylobille bleu. Mathilde se résumait à cette grimace. Son rire m'exaspérait. Imitant les actrices, elle ouvrait largement la bouche, qu'elle avait grande, renversait la tête en arrière comme pour montrer le fond de sa gorge, cambrait le buste. A mesure qu'elle se préparait ainsi au flash d'un photographe imaginaire, elle devenait pour moi une caricature de l'ogresse des contes de fées.

Les épingles se répartissaient, selon leurs couleurs, en deux camps. Le rouge, dont je raffolais, devait symboliser l'amour, et je l'avais offert à Julia. Songeant aux sous-vêtements de dentelle qu'elle portait ou à son fourreau moiré qui crissait comme du papier de chocolat, je plantai, tout au long de son corps, les aiguilles ornées du rouge de la passion. Protégée de ces flammes, elle devait rester celle que j'aimais, étincelante, vibrante de rires et de pleurs contenus. A cause de l'expression parfois douloureuse de Julia et parce qu'elle m'avait expliqué que l'amour n'était pas un don, qu'il exigeait beaucoup d'efforts, j'introduisis une pointe de bleu sous ses aisselles. Il ne s'agissait pas de la blesser, mais de marquer le souvenir des larmes qui avaient embué ses yeux.

Quand la lettre attendue par Julia arrivait, je réunissais les épingles, composais avec leurs têtes rouges un bouquet que je plantais au poignet de ma tante, ou à la naissance de ses cheveux. Cette fête de la couleur demeurait incomplète : j'allai chercher sur la coiffeuse de ma mère un tube de rouge à lèvres et dessinai avec application sur le corps de Julia les contours d'une bouche. Des chevilles au front, elle était prisonnière d'un immense baiser.

Les épingles roses revêtaient une importance particulière. Elles annonçaient des malheurs que je pressentais extrêmes, sans être capable de les définir. Ce rose que je haïssais, sirupeux, impossible à délimiter, évoquait aussi pour moi le fauteuil trop moelleux où ma grand-mère s'assoupissait le soir, l'armoire si bien rangée de sa sœur aînée, la vaisselle conservée avec tant de soin depuis des générations. Je rêvais du vacarme claironnant de ces piles d'assiettes lancées à toute volée, leurs éclats rebondissant sur le sol en une joyeuse sarabande. Une image du bonheur en serait née, qui effacerait du monde la moindre touche de rose, tandis que s'estomperait le sourire mièvre de ma grand-tante. D'autres indices s'accumulaient pour justifier mon horreur de cette teinte : c'était justement la couleur des corsages à dentelles de ma grand-tante et du ruban qui ornait le chapeau de paille de Mathilde. Sans doute cette dernière marquait-elle ainsi son appartenance à la race maudite qui rangeait les placards et ne songeait qu'à y entasser de la vaisselle. Moi, j'aimais la commode de Julia où, dans la confusion la plus complète, les étoffes transparentes ou soyeuses se mêlaient aux pull-overs. « Des sous-vêtements de femme de mauvaise vie », bougonnait Catherine en ramassant le linge qui séchait sur une corde.

« Tu sais, dès que tu as le dos tourné, Alexandre te regarde. » Telle mon épingle à tête verte perturbant le rouge de Julia, je voulais déconcerter ma tante, l'obliger à s'intéresser à moi. Elle ne me conviait plus dans sa chambre – d'ailleurs elle avait cessé de chanter le matin. Indécise, rêveuse, elle semblait fuir.

« Tu crois ? Je suis sûre que tu te trompes. Il ne fait jamais attention à moi.

– Bien sûr que si », rétorquai-je d'un ton convaincu.

Pour moi, Alexandre était le héros d'une aventure que l'on chuchotait dans le village. Il avait enlevé une jeune mariée le jour de ses noces. Pendant une semaine, ils s'étaient cachés dans une auberge du voisinage. Forçant la porte de leur chambre, on les avait trouvés nus, serrés l'un contre l'autre. L'épisode remontait à quelques années, mais personne ne l'avait oublié. Des soupçons continuaient à peser sur Alexandre et l'isolaient. Mon oncle Henri aimait à rappeler qu'Alexandre, vers l'âge de quinze ans, lui avait plusieurs fois dérobé sa voiture, et l'oncle Jean s'énervait de la trop grande attention que lui portait sa femme. De plus, sa conduite scandaleuse avait entraîné des tensions avec les voisins. L'oncle Henri prétendait encore s'être vu refuser une vigne qu'on lui avait promise. Plus personne dans la famille n'était invité aux mariages. Longtemps, on évita de traverser le village en compagnie de celui que les commères appelaient « le profanateur ». C'est pourquoi, si j'aimais regarder Alexandre, je restais toujours à distance. L'éclat bleuté de ses yeux n'était-il pas dangereux ? J'avais pourtant envie de poursuivre le jeu que j'avais entamé avec Julia. Un soir, alors qu'elle était venue me souhaiter bonne nuit, je lui demandai de rester un peu avec moi. Assise sur le bord de mon lit, elle réprima un bâillement :

« Tu n'as pas sommeil ? D'habitude, tu dors à cette heure-là.

– Je vais éteindre », répondis-je en l'embrassant.

Tendant ma main vers l'interrupteur, je m'exclamai, sûre de lui dicter sa dernière pensée de la journée :

« Oh ! je voulais te demander : pourquoi toutes les filles sont amoureuses d'Alexandre ? Tu le trouves beau ?

– Je ne sais pas, dit-elle, la voix déjà ensommeillée. Je le connais depuis si longtemps... »

Je songeai à son corps en mie de pain. L'épingle ne l'avait même pas égratignée. Il me faudrait monter dans le marronnier pour l'enfoncer davantage.

« J'ai entendu une conversation à la fête du village : il paraît qu'il embrasse mieux que tous les autres.

– Tu ne devrais pas écouter les bavardages qui ne te concernent pas. Allez, dors bien. »

Je me gardai d'ajouter le moindre mot. Il fallait que Julia emporte Alexandre dans ses rêves. Rien ne devait l'effacer, pas même un souhait de bonne nuit. Le sommeil me submergea bientôt. J'entendis des éclats de voix, un homme vêtu d'un costume blanc s'adressait à une femme dont je ne distinguais que la chevelure blonde. « Tu ne vas quand même pas faire ça ! » Il criait, ses mains serraient un objet noir, une tête d'aigle en bronze d'où suintaient des gouttes d'un liquide épais. « Tu ne vas pas faire ça, attention ! Je te préviens, attention ! » L'homme exprimait une menace féroce, je crus qu'il allait frapper la chevelure, cascade ondoyante qui s'étalait sur un coussin sombre. Pourquoi ne bougeait-elle pas ? Sa position était étrange, le visage demeurait invisible, comme enfoui sous des étoffes lourdes. L'homme s'en approcha, les traits grimaçants. La panique me gagna, je voulais hurler mais personne ne pouvait entendre le cri qui me déchirait la gorge. L'homme fit un mouvement brusque pour empoigner les cheveux d'or. Sa main souleva la tête qui roula à terre. Je haletais, j'étouffais, la main m'étranglait. Je me réveillai en sursaut, tremblante. Le cauchemar m'avait envahie, je fouillai sous les coussins, sous les oreillers, pour retrouver la trace de ce visage. Plus tard dans la nuit, je m'éveillai à nouveau, terrorisée à l'idée d'avoir à affronter ce songe qui me semblait un présage.

Confusément, je devinais que ce rêve faisait écho aux questions que je me posais sans cesse sur la famille, sur les liens secrets que je pressentais. J'en éprouvai un sentiment de malaise et d'effroi. N'était-ce pas moi qui l'avais provoqué en touchant à des choses défendues, en maniant mes petites épingles ? Mais qui était cet homme ? Je ne connaissais pas sa voix, il ne ressemblait à personne. Et la tête d'aigle ? Je songeai à la porte fracturée que j'avais découverte dans le grenier lors de précédentes vacances. Elle portait la trace d'une marque sombre. Sombre comme le liquide qui gouttait du cou de l'animal. Était-ce le signe d'un secret ? D'une histoire dont la violence demeurait enfouie ? Oppressée, je ne parvenais à répondre à aucune de ces interrogations.

La lueur du petit matin chassa l'ombre du cauchemar. Je sautai du lit pour ouvrir les volets. La campagne était encore brumeuse. La colline rouge, déserte, semblait attendre, géant impassible. Attirée par le bruit qui venait de la cuisine, je courus vers l'escalier. Alexandre préparait son petit déjeuner. Aussitôt, je me sentis rassurée. Ses gestes mesurés me redonnaient confiance : il n'était pas l'homme que j'avais vu dans mon sommeil. « Pourquoi tu me regardes comme ça ? » Sa question me fit éclater de rire. « Parce que j'ai envie d'une tartine ! » Alexandre poussa vers moi un grand bol qu'il remplit de lait chaud. Puis il y versa une cuillerée de miel.

« Tu sais...

– Je sais quoi ? » Du bout de la table, Alexandre me dévisagea, l'air amusé. Mais je ne pouvais lui dévoiler le cauchemar de ma nuit passée.

« J'ai fait un drôle de rêve.

– Un rêve drôle ?

– Non, pas vraiment. J'étais seule dans la maison et j'entendais gratter à la porte. J'allai ouvrir. Dehors, il faisait presque nuit. Il y avait un oiseau mort au pied des marches, la tête tournée vers la colline. Je criais, mais on ne venait pas. Je voulais sauver l'oiseau, essayer de le ramener à la vie. Il ne bougeait plus, et son œil grand ouvert me fixait. J'avais peur, j'avais peur. Et puis je me suis réveillée... »

Alexandre m'avait écoutée avec attention. Mon récit achevé, il prit dans une casserole un œuf qu'il venait de faire cuire. Il le roula sous sa paume, lentement.

« Tu en veux un ? »

Je ne répondis pas, encore étonnée par mon propre mensonge. Alexandre tapota sur la coquille avec une cuillère.

« Il y a longtemps, poursuivit-il, j'ai lu dans un livre l'histoire d'un oiseau extraordinaire. Il ne pond qu'un seul œuf, ensuite il meurt. Je crois qu'il vit dans les mers chaudes. C'est peut-être un de ces oiseaux qui est venu mourir dans ton rêve. »

Alexandre me sauvait. En expliquant le rêve que j'avais inventé, il avait réussi à dissiper ma terreur. Je lui en fus reconnaissante et proposai :

« On ira se promener cet après-midi tous les deux ?

– Et moi alors ? » Je sursautai. Julia venait d'entrer dans la cuisine, vêtue d'un peignoir japonais à motifs bleus. « Il fera trop chaud, nous sortirons un peu avant le coucher du soleil. »

Lorsque nous gravîmes les premières pentes de la colline, la lumière déclinait. Les feuilles des chênes verts et des amandiers bruissaient, agitées par une brise qui courait entre les massifs de thym et de lavande sauvage. J'aperçus en bas, dans la vallée, un charpentier sur le toit d'une maison. D'un lourd marteau, il frappait une poutre et le son de chacun des coups qu'il portait emplissait l'air d'un rythme étrange. J'imaginai le pas d'une armée de géants piétinant le pont d'un navire, là-bas sur les mers chaudes dont m'avait parlé Alexandre.

« Tu rêves, petite fille ? » Julia s'était approchée de moi, obligeant Alexandre à passer derrière nous. La pression chaude de sa main sur ma nuque me rappela que j'étais toujours une femme de lune. Sur le chemin, un enchevêtrement de racines surgissait du sol, tel un nid de serpents.

« Ils vont nous mordre, chuchotai-je à Julia.

– Qui cela ? », demanda-t-elle.

Je n'osai lui avouer ce que j'avais supposé, aussi lançai-je une question au hasard :

« C'est quoi l'amour ? »

Julia éclata de rire puis, se tournant vers Alexandre qui avait pris un air maussade, elle dit : « Voilà une vraie devinette ! »

Prise au jeu, je demandai à Julia :

« Si on le mangeait, il aurait quel goût ? Salé ou sucré ?

– Les deux. Il donne tout.

– Si on le buvait, ce serait un vin, ou du champagne ?

– Non, il n'a rien d'une fête frivole, il est bien plus ambigu. Seule l'eau lui conviendrait. Pure, elle est presque bleue quand un rayon de soleil la traverse. Dans les montagnes, c'est l'offrande des moines aux pèlerins qui sont venus jusqu'à eux. Tu la recueilles dans ta main en passant devant une cascade : tu t'en désaltères, elle lisse ton front, tes tempes. Tu ris. Dans la mer, c'est la vague la plus haute, celle qui t'emporte. Tu as presque peur, l'eau brûle tes lèvres, et l'écume t'éblouit de soleil. Seules les larmes ont sa transparence.

– Et si c'était une couleur ?

– Ce pourrait être l'aventure du bleu, toutes les hardiesses du rouge ou au contraire les verts les plus insoupçonnables.

– Mais pas le noir !

– Ferme les yeux. Pose tes mains sur mon visage. Tu ne le vois pas mieux que dans la lumière ? Il n'a plus de secrets, tu le découvres.

– Alors quand on aime toujours le même homme, on ne voit qu'une seule couleur ?

– Pas forcément. Regarde ! Le bleu du ciel a déjà changé depuis que nous parlons.

– Et si l'amour était une ville ?

– Ce serait un port. Sa fièvre, son attente.

– Et un animal ? »

Julia n'eut pas le temps de me répondre. Alexandre, comme exalté, nous avait soudain dépassées. Il pivota sur lui-même puis, tout en marchant à reculons devant nous sur le chemin, il affirma :

« Ce serait une panthère noire. Sa démarche est si souple qu'elle surprend. Son corps se fond dans la nuit. On ne l'entend pas venir, elle fixe sa proie qui ne peut lui échapper. »

D'un bond, Alexandre était venu se placer à côté de Julia. Il riait. « Une panthère ! », fit-il en lançant son bras vers le ciel. Emporté par son mouvement, il effleura l'épaule de Julia.

« Attention, le fauve ! », fit-elle gaiement.

Les rires d'Alexandre et de Julia se mêlèrent. La terre ocre me parut soudain insupportable. J'étouffais. Sur le bord du lit d'un torrent desséché qui coupait le sentier, j'aperçus un caillou mauve constellé d'éclats scintillants. Je m'accroupis pour mieux le regarder, mais je me gardai bien de le ramasser. Julia m'avait affirmé qu'autrefois un prince avait offert à l'une de ses amantes un collier taillé dans les galets de cette rivière. En riant, elle avait ajouté que ce cadeau avait causé la perte de la jeune femme : son mari, ayant découvert la parure, avait exigé qu'elle en avale chaque pierre. Lorsque je relevai la tête, Alexandre désignait à Julia un point sur la ligne d'horizon. Voulait-il lui indiquer le charpentier ? Je ne distinguais plus la tache bleue de son vêtement, le chantier paraissait désert. Alexandre indiquait-il le bouquet de fleurs que l'ouvrier, son travail achevé, avait accroché au faîte de la cheminée ? Leurs paroles m'échappaient, je ne percevais que le murmure d'une conversation enjouée dont les mots rebondissaient et s'égaraient entre les rochers. Un silence inattendu jaillissait parfois avec la vivacité d'une étincelle, puis disparaissait tout aussi vite. Je croyais lire une partition où la même portée, sous des clefs différentes, juxtaposait des notes qui se frôlaient, se confrontaient, se repoussaient. Dans le rire de Julia, des croches joyeuses détalaient avec allégresse. Certaines, s'attardant, se transformaient en noires pointées, telle une femme qui, courant sur un chemin, s'arrête, le pied levé, sans poser le talon au sol. Frémissante, elle attend : le vent ou la course éperdue de son amant ? Elle ne reprendra son élan – une double croche – qu'au bruit des pas qui se rapprochent. Leurs sons mats, graves, martèlent la terre, promesse d'une étreinte. Elle fuit pourtant ! Double, triple croche, triolet. Essoufflée, son cœur lui fait mal. Elle court. De plus en plus vite, les pieds tendus. Lui, il avance – longues sonorités maintenues, des blanches, encore des blanches. Il franchit les distances, sauvagement. Enfin, il la rejoint.

Ces rires, je le sentais, n'avaient aucune raison d'être. Ils s'épanouissaient pour le plaisir et l'étonnement que les voix éprouvaient à se rencontrer. Julia me tira de ma rêverie :

« Alors, tu viens ? Qu'est-ce que tu fais, tu comptes les cailloux ? »

Maussade, je pris une poignée de sable. Tandis que je me rapprochais d'eux, je le laissai filer entre mes doigts. Comme pour se faire pardonner, Alexandre vint à ma rencontre. Il souriait timidement :

« Ce sont les cendres de la terre que tu as dispersées au vent. Ce sont les graines des arbres que tu as répandues. Demain, le monde entier sera bouleversé et plus jamais le vent ne soufflera comme hier. Tu comprends ? »

Alexandre était un magicien. Il venait d'effacer toute ma rancœur.

Allongée sur le dos, la femme ne quittait pas des yeux les pales du ventilateur. Elle se sentait légère et pour rien au monde elle n'aurait fait le moindre geste. Son ventre était une plaine. L'homme tendit la main vers la table de chevet. Elle entendit un léger bruit sourd, puis le tintement de la coupe qu'il avait heurtée en tâtonnant. « Mange », dit-il. Le fruit qu'il offrait à la femme était lourd, aussi large qu'un galet, mais beaucoup plus épais. Elle n'osait y mordre. Sa peau l'effrayait, évoquant le cuir souple d'un animal ou ces arabesques vertes et rousses qui irisent les écailles des crocodiles. Du regard, elle interrogea son compagnon. Ses yeux brillants, l'ardeur avec laquelle il proposait la mangue ne lui laissaient aucun choix. L'ombre de son coude traçait sur le mur un angle impitoyable.

Malgré son appréhension, elle approcha ses lèvres du fruit. La surprise de l'odeur l'étourdit, elle entrouvrit la bouche. L'homme l'arrêta :

« Non. Tu n'as donc jamais mangé de mangue ? Ce n'est pas ainsi qu'il faut faire. »

Il saisit le fruit et commença à le pétrir avec lenteur. Ses paumes l'enveloppaient en entier, le roulaient, le malmenaient.

« Il faut l'amollir, ne plus sentir aucune résistance. Jusqu'au noyau. Que sa chair devienne tendre, liquide ! »

Étonnée, elle le regardait faire.

« Prends-la maintenant ! »

Elle s'apprêtait à mordre la mangue à pleine bouche lorsqu'il s'indigna :

« Mais tu es une brute ! Regarde : la plus petite entaille possible. »

Il se contenta en effet de pincer la peau entre ses dents.

« Bois ! », ordonna-t-il.

Elle renversa la tête en arrière, laissant fondre la chair de la mangue sur sa langue. Le fruit était tiède, gardant la chaleur que lui avaient donnée les mains de son compagnon. Le goût tenait les promesses du parfum. A mesure que la mangue se vidait de sa substance, sa peau se déchirait, l'ouverture s'agrandissait. La femme sentait le jus envahir ses lèvres, couler sur son menton. Mais, les yeux mi-clos, elle continuait à extraire du fruit ce qui restait de sa liqueur épaisse. Bientôt, il n'y eut plus que le noyau et une enveloppe aussi molle que du caoutchouc. Ses doigts étaient marqués de taches rousses.

« Tu ne m'as rien laissé ! », protesta-t-il en riant.

De l'index, il tenta de recueillir quelques parcelles de mangue. Ce n'était pas facile. Il préféra s'incliner et, du bout de la langue, commença à laper le menton de la femme, la commissure de ses lèvres, puis sa bouche. Il s'attardait plus longtemps qu'il n'était nécessaire. Quand ses genoux brûlants l'effleurèrent, elle reconnut la chaleur de son corps, que la mangue, tout à l'heure, lui avait apprise. Elle imagina un ciel d'ambre, embrasé, qui volait au fruit échangé ses marbrures ardentes. Sa beauté était si insolite qu'elle l'atteignit comme une blessure et l'obligea à fermer les yeux.

Alexandre ne quittait plus Julia. Chacun de leurs gestes, chacune de leurs attitudes semblait obéir à un rite. Dès le matin, le regard de Julia caressait la chevelure d'Alexandre, comme si elle cherchait dans les boucles emmêlées le souvenir de la nuit passée. Dormaient-ils ensemble ? Je l'ignorais. La chambre de mon cousin était au bout du couloir menant au grenier. Celle de Julia possédait deux entrées : le plus souvent, elle s'y rendait par le corridor. L'après-midi, elle empruntait l'escalier de pierre qui courait le long de la façade de la maison. Julia avait changé. Je guettais son pas, souhaitant qu'elle vienne me retrouver. Mais elle ne s'arrêtait plus devant ma porte, elle me fuyait, elle m'oubliait.

Parfois au réveil, j'avais un instant l'illusion que le soleil avait renoncé à s'acharner sur la maison.

On pouvait espérer un répit. Les aiguilles de pins, si sèches et décolorées, cesseraient de crépiter sous les pas. Mais je comprenais vite que le soleil rasait au loin un autre mur avant de revenir. Inutile d'attendre un nuage. Entre les interstices des volets, des rayons commençaient à se faufiler, telle une nuée d'abeilles. Une éclaboussure de lumière venait frapper un verre oublié ou le métal d'un stylo. Si j'avais laissé les volets entrouverts, la fine raie étincelante qui les séparait dessinait sur la glace une épée d'argent. L'espace lui appartenait. Elle forait mes yeux telle une vrille et quand mes paupières se baissaient, elles recueillaient le nectar doré d'un miel sauvage. Déjà l'air exhalait une sécheresse qui ravageait les fleurs. Une vague chaude touchait ma joue, ma gorge. Je repoussais le drap et me levais.

Je retrouvais sans gaieté les fidèles de la cuisine. Comme pour un chant en canon, les femmes entonnaient des refrains identiques : le prix des fruits ou des volailles, le temps de cuisson des viandes, les rumeurs du voisinage. Ces bavardages n'étaient qu'un prétexte. Bientôt les commérages s'étendaient. De détails en détails, ils cernaient Julia et Alexandre, commentant avec fièvre leurs attitudes.

« Comment expliquez-vous qu'Alexandre soit

toujours fourré ici ? Lui qui disparaissait tôt le matin et rentrait si tard !

– Moi, je me passerais bien de sa présence. Plus ce voyou est loin, plus on est tranquille. »

Voyou, voyou, le nom résonnait dans la cuisine, modulé sur des tonalités diverses. Voyou, voyou, j'avais envie de tendre les mains, de saisir le mot au vol, de l'écraser. Feignant de n'avoir rien entendu, je tournai un verre vers la clarté de la fenêtre pour vérifier qu'il n'avait pas gardé de traces pelucheuses. Le bourdonnement des conversations reprit. Mais un ton plus bas, sur des sujets anodins. Je n'étais pas dupe. Ces propos insignifiants étaient destinés à endormir mon attention.

Dans les maisons voisines, on ne mangeait plus que des tomates, des concombres, des salades frais cueillis. Au contraire, chez nous, à mesure que la chaleur montait, les femmes de la maison s'évertuaient à élaborer des plats de plus en plus compliqués. Elles mêlaient des ingrédients variés, jouaient de toutes les épices, se complaisant à inventer des recettes destinées à surpasser celles de la veille. Il en résultait un certain désordre dans la composition des repas. Ainsi, lorsqu'à midi nous mangions du rouget, nous pouvions être sûrs d'en déguster également le lendemain, mais cuisiné différemment. On risquait même que ma cousine Mathilde ou ma tante Simone en achètent encore le jour suivant pour essayer une nouvelle préparation.

Assise sur un tabouret, je notais leurs recettes. Pour rendre plus important mon rôle de greffier, j'avais acheté au bazar du village un porte-plume en bois. Sa plume grinçait sur le papier et je me plaisais à inscrire le nom des herbes qui accompagnaient ces plats. Il me semblait alors que j'étais en train de les cueillir moi-même en me promenant dans les montagnes alentour. Bien plus tard, en feuilletant ce cahier, je m'étonnai de constater qu'au fil des pages les recettes devenaient plus longues, plus raffinées. En augmentant ainsi la durée des préparations, les cuisinières saisissaient le prétexte de rester davantage dans la cuisine pour y médire à satiété. Elles auraient voulu agir, mais comment s'opposer aux rendez-vous que Julia et Alexandre se donnaient en secret ? Les complots qu'elles auraient pu fomenter étaient voués à l'échec. Elles ne pouvaient qu'échanger vainement des observations et se répandre en prédictions maléfiques. Avec l'acharnement qu'elles auraient mis à blesser Julia, elles hachaient la viande le plus menu possible. Les gousses d'ail qu'elles piquaient fébrilement dans le gigot proclamaient leur haine.

Quand elles pleuraient en épluchant des oignons, l'odeur amère n'était qu'une excuse : les larmes provenaient en fait d'un sentiment de jalousie qu'elles ne pouvaient exprimer. Le citron, la moutarde dont elles nappaient le lapin ne les apaisaient pas. Elles avaient beau innover, ajouter des épices insolites, rien n'y faisait : Alexandre et Julia les ignoraient superbement. Un dimanche matin, alors qu'elle ficelait une volaille, Mathilde déclara qu'elle les avait aperçus enlacés près d'un arbre.

« Je ne les avais pas reconnus. Lorsque j'ai remarqué ce couple qui s'embrassait, j'ai pensé à des touristes qui auraient escaladé le mur du jardin. Je me suis approchée pour les chasser. »

Elle tentait de justifier sa curiosité, mais elle ne trompait personne.

« Julia avait remonté sa jupe à fleurs si haut qu'on aurait dit un short : j'ai reconnu Alexandre au moment où il a tourné la tête pour embrasser Julia sur l'épaule. Elle s'appuyait à l'arbre, dressée sur la pointe d'un pied.

– Voilà qu'elle danse maintenant ! Elle ne chante plus. Tant mieux d'ailleurs ! pouffa l'une de mes cousines.

– Son autre jambe enserrait comme une pieuvre les reins d'Alexandre. J'étais stupéfaite. Comment pouvaient-ils se tenir si mal ? Qui aurait pu l'imaginer ? J'aurais parié qu'ils ne se disaient même pas bonjour. »

C'était mon œuvre ! Je pensai avec tendresse aux statuettes en mie de pain qui avaient dirigé leur destin. Serviable, empressée, j'épluchais des légumes pour m'installer là et en savoir plus. En fait, je vérifiais que j'étais la mieux informée : personne ne savait aussi bien que moi se glisser sous les arbres ou marcher dans le couloir sans être entendue. Ma parfaite connaissance des moindres recoins de la chambre de Julia m'aidait également. Un cendrier qui avait changé de place, un livre ouvert, une photo oubliée sur la table suffisaient à me renseigner. Julia avait montré à Alexandre les images qui m'avaient émue. Et je me souvenais des inflexions de sa voix quand elle lisait ses poèmes favoris. Un pli inhabituel du tapis, son bord relevé me donnaient de précieuses indications. La scène se dessinait sous mes yeux avec précision : ils s'étaient aimés là. Alexandre était resté debout – ce n'était pas Julia, si légère et gracieuse, qui aurait déplacé le tapis. Elle devait être assise sur le fauteuil. Sinon, pourquoi celui-ci aurait-il été débarrassé des vêtements qui l'encombraient toujours ? On les avait entassés à la hâte sur une chaise. Aplati sur le devant, gonflé à l'arrière, le coussin du fauteuil trahissait par cette déformation qu'elle s'était assise au bord. Je la devinais ainsi, penchée en avant, inclinée vers lui. Ils étaient nus. Aucun indice ne le prouvait, mais le frisson que je sentais courir au creux de mes reins en regardant le fauteuil et la frange retournée du tapis le proclamait sans équivoque.

Dans la cuisine, qui ouvrait sur le nord, Julia ne s'attardait jamais. Quand elle y passait, elle veillait toujours à laisser la porte grande ouverte pour faire entrer le soleil. Les femmes se plaignaient alors, l'accusant de réchauffer la pièce, ce qui risquait de gâter les fruits. Elles réagissaient avec excès, on aurait cru qu'elles avaient ressenti une brûlure : Julia les mettait mal à l'aise. Elles ne pouvaient s'empêcher de s'insurger contre la liberté qui émanait de ses gestes. N'y avait-il pas même de la perversité dans cette obstination de Julia à introduire ainsi la chaleur ?

Vibrant d'indignation, le chœur des femmes guettait un malheur. Chacun de leurs propos l'espérait, le sollicitait. Pourtant je ne prêtais guère foi à ces mauvais présages. Un après-midi où nous étions allés pique-niquer sur la plage, l'éclat de la mer et du soleil me parut les démentir. J'avais envie de rire en me souvenant des commérages de la cuisine. Mais, sous le brouhaha des conversations, un bruit discret se fit entendre. Il provenait d'une bouteille d'eau minérale. En passant sur son goulot, le mistral composait une étrange plainte, lancinante et aiguë. Fugace comme le vent dont elle naissait, la mélopée me paraissait n'exister qu'au gré de l'attention qu'on lui prêtait. Par instants, son mince filet crissant se rompait, tel un verre fêlé qui se brise enfin. Le son reprenait, se modulait, s'éclipsait. Je retenais ma respiration, attendant le moment où il allait à nouveau mourir. Il me semblait alors sentir un vent froid qui ondulait le long de mon dos, encerclait mes poignets.

Pour seule parade au malheur qui s'annonçait là, ma tante plantait résolument ses dents gourmandes dans une cuisse de poulet. Les autres continuaient à plaisanter, sans rien remarquer. Ils goûtaient à tous les plats. Ils n'entendaient rien. Le vent pourtant s'acharnait encore sur le goulot de la bouteille, et la faisait chanter toujours plus fort. Avec la fulgurance de la foudre, le son déchirait l'air et je crus qu'il y inscrivait en lettres de feu ma peur et les malheurs inouïs qui ne manqueraient pas de s'accomplir. Je m'efforçais de déchiffrer le message, mais le bleu du ciel venait masquer la vérité au moment où elle allait enfin se révéler à moi. Parfois des bribes de phrases, un rire m'empêchaient de comprendre ce que prédisaient ces sifflements. Ma cousine parlait trop fort. Je voulais la gifler, étouffer sa bouche de ma main. Le bruit du vent sur le goulot me donnait une lucidité, une clairvoyance éphémères. Je réalisai alors combien la voix de ma cousine était vulgaire, et ses paroles sottes. Une violence impossible à maîtriser s'empara de moi. Je la bousculai :

« Tais-toi, mais tais-toi donc ! », m'écriai-je.

Elle me volait ces sifflements que le vent distillait à son gré.

« Tu es devenue folle ! Cette enfant est folle ! »

Je m'enfuis en sanglotant. Le malheur était inévitable. Il s'abattrait sur nous, sans qu'il soit possible de s'en protéger, faute de le connaître. Julia, j'en étais sûre, était directement menacée. Je l'imaginais noyée, entraînée par la rivière, comme dans ce rôle qu'elle aimait tant et qu'elle répétait encore au début de l'été. Ses beaux cheveux, les mèches que soulevait maintenant le vent, je les voyais lissés, alourdis au contraire par l'eau. Le son aigu du mistral sur le goulot annonçait une menace inexorable, prête à s'abattre.

Je n'avais jamais remarqué ce portrait. Accroché près d'une armoire, il était masqué par l'ombre du meuble. C'était le seul tableau de la maison. Partout ailleurs, il n'y avait que des photographies de famille. Pourquoi ce privilège, comme s'il avait fallu consacrer plus de temps à fixer les traits de la femme qui était représentée ? Je ne lui prêtai attention qu'à partir du jour où, ayant demandé à la vieille Catherine de me retrouver une paire de chaussures, celle-ci m'avait répondu : « Elles sont sous le tableau. » Je ne perçus d'abord qu'une image anodine. L'inconnue, songeuse, ressemblait vaguement à ma grand-mère et à ma tante. Son habit était austère. Le corsage noir devait faire partie d'une robe taillée dans ces tissus épais d'autrefois. Son col, raide et haut, était bordé d'un liséré blanc. Cette sévérité contrastait avec la douceur du visage. La femme se tenait debout près d'une commode. Sa main droite prenait appui sur le bois clair, à côté d'un vase bleu et d'un livre qui formaient une composition dérisoire. Le peintre s'était complu à détailler les arabesques ornant la porcelaine. Je l'imaginai devant son chevalet, hésitant, essayant de donner au regard de son modèle toute l'intensité qu'il y percevait. Ce devait être une journée froide, où tous les bruits étaient étouffés.

Désormais, quel que fût l'endroit où je me trouvais, j'avais le sentiment que la femme du portrait ne me lâchait plus des yeux. Sa nostalgie la rendait indifférente à l'anecdote quotidienne : elle poursuivait, au-delà des apparences, la vérité même de ce qu'elle observait. Son expression grave imposait le silence, interrompait toute agitation vaine. J'aimais l'attention dont elle m'enveloppait. J'aimais aussi qu'elle soit belle. La fermeté de ses lèvres closes qui, chez une autre, aurait paru dédain ou bouderie, était le signe d'une extrême réserve, d'un détachement contredit, pourtant, par la volupté qui émanait de sa personne.

Quand j'étais loin d'elle, pour me placer sous sa protection, je copiais son attitude, détournant légèrement le visage. Dès que je me sentais émue ou inquiète, je me réfugiais dans la contemplation du portrait. J'espérais une réponse à mes incertitudes. Par jeu, il m'arrivait d'examiner longuement sa main. J'avais alors l'illusion qu'elle s'animait. Son bras, sa poitrine, son visage bougeaient à leur tour imperceptiblement, telle l'eau d'un lac ridé par une brise invisible. Cette toile était un piège. « Tu es seule, disais-je à sa prisonnière. Tu es seule comme moi. »

Je ressentais d'autant plus cette solitude depuis que j'avais entendu ma mère sermonner Julia. Pendant la sieste, j'étais allée boire un verre de jus de fruit à la cuisine. Percevant le murmure d'une conversation, je me faufilai dans la salle à manger, près d'une fenêtre entrouverte. C'était ma mère. Elle parlait d'une voix rauque, voilée par une colère retenue. Ses mots, tels des oiseaux morts, retombaient lourdement, boules de plume aveugles.

« Qu'est-ce qui t'a pris ? Tu as perdu la tête ? » Elle s'adressait à Julia, j'en étais certaine. « Tu sais quand même ce qu'il a fait ? Alors de quoi te mêles-tu ? »

Je n'osais bouger. Et si l'on me découvrait ? Pour ne pas être vue, j'aurais voulu devenir une pierre, un mur, un arbre. Julia se taisait. Pourquoi ne se défendait-elle pas ? Son silence m'inquiétait.

Un léger bruit me fit deviner qu'elle effleurait distraitement, du bout du pied, les pierres ocre de la terrasse. Je songeai à ce qu'elle m'avait dit la nuit où elle m'avait sacrée femme de lune : « Ne l'oublie jamais, ton pied est une main de terre. Il épouse le rocher, il creuse le sable. Et quand tu pars au loin, il laisse ton empreinte. » Mais aujourd'hui, Julia restait muette. Ma mère reprit son discours :

« Je ne comprends pas comment tu peux agir ainsi. Tu es indécente. Devant tout le monde, tu te rends compte ? Même la cousine Mathilde t'a vue avec lui. Quelle honte !

– Je fais ce que je veux de ma vie. »

Tel un animal contraint de quitter son refuge, chassé par les chiens ou le feu, Julia avait dû se résoudre à répondre.

« Tu fais peut-être ce que tu veux de la tienne. Mais pas de celle des autres. »

La conversation avait pris un tour imprévu. Je me sentais mal à l'aise. Les paroles me parvenaient un peu assourdies, comme si j'avais nagé la tête sous l'eau. Des transparences se voilaient d'opacités. L'eau prenait une densité inhabituelle, elle accentuait la provocation des mirages, attisait le mystère. Des algues surgissaient, puis des récifs dont je voulais m'écarter, craignant leurs arêtes coupantes et les oursins qu'ils abritaient.

Je ne comprenais pas pourquoi ma mère prenait si violemment à partie Julia. Ma main caressa le bois de la fenêtre et s'arrêta sur la poignée. Je la fis tourner lentement, dans un sens puis dans l'autre. Toc tac toc tac. Le rythme métallique m'aidait à surmonter ma crainte tant je redoutais les silences qui s'installaient entre les phrases.

« Je l'aime ! »

Ma mère éclata de rire : « Les autres aussi, tu les as aimés ! »

Sa voix me faisait peur, je serrai la poignée de plus en plus fort. Dans le jardin désert, un eucalyptus semblait recueillir le soleil. Ses branches le laissaient couler sournoisement le long des feuilles. Il ne cachait rien, n'offrait aucune protection.

Une ombre traversa la terrasse. Alexandre. Il allait tout entendre. Trait de feu, il se dirigea vers le recoin qui demeurait toujours invisible à mes yeux. Le soleil cisaillait plus fort encore les feuilles d'eucalyptus. Elles étaient devenues tranchantes. Une multitude de petits poignards suspendus en l'air, prêts à s'abattre. Julia prit un ton ironique : « Alexandre, j'ai une grande nouvelle à t'annoncer. Tu sais que ma sœur, ma chère sœur, nous trouve indécents. In-dé-cents-in-dé-cents ! » Julia avait fredonné ces derniers mots sur un air joyeux. « Voici la valse des indécents ! », ajouta-t-elle. A cet instant, j'aperçus le volant de sa robe. Elle virevoltait sous le soleil, emportée par sa propre malice.

En un éclair, je dessinai le visage de ma mère. Je la devinais livide, le regard perdu. Elle était l'aînée, jamais Julia n'avait osé lui parler ainsi. D'une voix blanche et sourde, elle rétorqua sèchement : « Tu peux faire ta danseuse. Mais oui, parfaitement, je le redis devant Alexandre, vous n'avez pas à vous conduire comme ça. Toi, Alexandre, tu as déjà fait assez de mal ici. Et puis vous n'avez pas à mêler Émilie à vos histoires.

– Émilie ? Nous n'avons jamais demandé à cette gamine de nous suivre... »

La désinvolture d'Alexandre me foudroya. Je restai immobile, cessant de jouer avec la poignée. J'attendais que Julia prenne ma défense, s'insurge contre ce mot que je venais de recevoir comme une gifle. Je me sentais trahie. « Gamine, gamine » : le mot s'amplifiait. Toute la colline rouge s'en était emparée pour le renvoyer en écho. J'avais envie de crier. Les larmes aux yeux, je quittai la fenêtre et montai en courant dans la chambre de Julia. Je voulais tout fracasser, tout déchirer, tout brûler.

Mes mains tremblaient. Tout déchirer, tout brûler. Me venger. Le titre d'un livre, posé sur la table, accrocha mon regard. *Les lauriers sont coupés.* « Cela lui va bien de s'occuper de jardinage ! », pensai-je méchamment. Je m'apprêtais à le jeter lorsque j'aperçus le coin d'une enveloppe qui dépassait de ses pages.

J'ai connu tous les parfums de ton corps. J'ai adoré celui, un peu amer, acide, que ma langue cueillait au creux de tes aisselles, ou cette saveur d'algue et de sucre, le goût de mer de tes lèvres cachées. Plus fidèle qu'aucun miroir, je peux te décrire et t'apprendre à toi-même. Sans moi, tu ne saurais jamais quelle force détient ton regard quand le bonheur te submerge. Tu ignorerais cette grâce hésitante de ta démarche, qu'on pourrait croire de la timidité et qui est l'alanguissement du sommeil encore, quand tu te lèves le matin. Je n'ai rien tant aimé que ton dos nu et cette lenteur avec laquelle tu posais un pied devant l'autre, comme si chaque pas était une violence qui tentait de t'arracher à l'envoûtement de la nuit.

Lorsque je ferme les yeux, des images de toi se

déroulent en un film que personne ne connaît. Il faut toute la ferveur de mon amour pour les avoir épiées, recueillies. Nul ne pourra me les voler, pas même toi si tu décidais de ne plus me revoir. Es-tu partie pour toujours ? Préfères-tu un autre homme ? Parfois cette crainte m'envahit. Dans un tumulte qui m'assourdit, ces visages que je possède de toi se bousculent : je ne sais qui tu es. Que me cache ton rire ? Que t'acharnes-tu à masquer lorsque tu baisses les paupières pour dissimuler ton regard ?

Quand je t'embrassais avec passion, tu songeais déjà à ton départ. Tu pensais que je ne m'apercevrais de rien. Me croyant endormi, tu rangeais dans la valise un vêtement que je venais de t'offrir. Était-il donc destiné à un autre amant, que tu imaginais sans le connaître encore ? C'était ta façon de provoquer le futur. Tu avais besoin aussi de te prouver ta liberté et que tu ne m'appartenais pas. Je pensais aux chats : on leur laisse la porte entrouverte pour qu'ils ne songent plus à s'échapper.

Tu es partie pourtant. J'attends ton retour, ma belle. Tu as laissé une combinaison en soie, plus souple qu'une peau de serpent. Je viens la caresser mais elle file entre mes doigts. Elle aussi veut m'échapper. Pourquoi l'as-tu abandonnée ici ? Pour me rappeler ton odeur ? Pour me persuader que tu reviendrais bientôt ? Je me suis endormi en la tenant et j'ai rêvé que mon visage était enfoui dans tes cheveux. Julia, je t'attends. Viens. Dans un jour, dans dix jours. Viens.

Henri.

Je ne parvenais pas à croire ce que disait cette lettre. Le monde chavirait. Mes mains, sur le papier blanc, m'étaient devenues étrangères. Dans mon désarroi, j'implorai la femme du portrait. Une légère ironie perçait dans son regard. « Gamine, gamine, gamine. » Le mot sonnait à mes oreilles avec une force insupportable. Une image glissa sur le portrait, tel un voile diaphane flottant au vent : Julia dans le jardin. Elle s'inclinait vers moi, son profil se détachait du tableau et, d'une voix sourde, elle répétait cet avertissement qui m'avait déjà inquiétée : « Si tu agis mal, Émilie, si tu as de mauvaises pensées, les deux " i " de ton prénom se rebelleront. Entrecroisés, ils étoufferont ta voix. Prends garde à ces deux " i ". »

Ce moment était arrivé. Tous les oiseaux s'étaient révoltés. Ils cisaillaient ma gorge, m'assourdissaient de leurs cris, me meurtrissaient de leur bec. Leur colère était déchaînée. Il fallait détourner leur attention, leur désigner une autre victime. Cette femme qui me faisait face sur le portrait, devais-je la considérer comme une ennemie ou une alliée ? Les oiseaux criaient encore plus fort. Je les entendais se démener en moi. Où avais-je déjà entendu hurler si intensément ? Je revis ma mère en larmes, je ne sais plus pourquoi. Ce n'étaient pas ses pleurs qui m'avaient effrayée alors, mais le vide qui creusait ses yeux. Derrière l'iris pâli, semblable à une porcelaine décolorée, il n'y avait rien. Ni âme ni pensées. Seulement un tourbillon de vents furieux qu'aucun obstacle ne venait arrêter. Cette vacuité me ramenait à celle qui s'imposait dans les photos de mon enfance. Ma mère en était toujours absente. Une inconnue me donnait le biberon, ou bien je m'appuyais sur d'autres bras pour faire mes premiers pas. Où était partie ma mère ? C'était Julia qui parlait de départ. Julia qui en faisait l'éloge. Ma mère ne disait rien, mais finalement c'est elle qui manquait.

Les oiseaux hurlèrent, hurlèrent toujours plus. Il fallait m'en délivrer. Elles étaient toutes complices, Julia, ma mère et la femme du portrait. La colère m'étreignit, mais un bruit furtif détourna mon attention. Je repliai la lettre et l'enfermai dans le tiroir du bureau sur lequel j'aimais dessiner, près de la fenêtre. Les mots de cet homme me troublaient profondément et j'avais besoin d'y réfléchir.

Poussée par la curiosité, je décidai de retourner dans la chambre de Julia. L'homme n'inventait pas : derrière le rideau, Julia avait déposé une valise. Deux robes y étaient soigneusement pliées. Des larmes me vinrent aux yeux : à moi aussi, Julia mentait.

Je descendis dans le jardin, je savais qu'à cette heure de l'après-midi Julia aimait s'y reposer sur une chaise longue d'osier. En traînant les pieds sur l'herbe grillée, je m'approchai d'elle. Distraite, elle ne remarqua même pas ma présence. « Quand pars-tu ? », lui demandai-je. Elle sursauta et, abaissant la couverture du livre qu'elle lisait, elle me dévisagea, l'air incrédule. « Je ne sais pas. Pourquoi me poses-tu cette question ? Pas avant dix jours en tout cas. » Elle semblait chercher au-dessus des arbres une réponse qu'elle ne connaissait pas. Ma colère disparut. C'était vrai, elle ne savait pas. Autour d'elle, le monde, imprécis, se dérobait. Pour ma grand-mère ou mes cousines, il y avait des évidences nettes comme les angles du buffet de la cuisine ou le muret de la véranda : elles n'hésitaient jamais. Il leur était impossible de se tromper. Un chemin s'ouvrait à leurs pas, tracé à l'avance. Elles devaient le suivre. Julia jouissait au contraire de la liberté magique, mais effrayante, de remettre à chaque instant ses projets en cause.

Dix jours ! Il ne me restait que dix jours pour l'empêcher de partir. Je voulais qu'elle reste, partagée entre la tendresse qui me liait à elle et mon désir de vengeance. Comment la retenir ? Je me réfugiai dans le marronnier pour y retrouver mes complices, les petites aiguilles. Un souvenir m'obsédait : moulée dans une jupe noire, Julia montait l'escalier. Une fente soulignait la blancheur de ses jambes, qui se dévoilait à chaque marche. Cette jupe serrée, en emprisonnant son corps, l'exaltait. Il fallait enfermer Julia dans une prison voluptueuse, identique à ce fourreau étroit qui glissait sur ses cuisses.

Son départ dépendait-il d'une autre lettre ? Je scrutai les épingles, avide de sonder leurs pouvoirs. Sur leur tige métallique froide, la boule en plastique était tiède du soleil qui avait pénétré sous le feuillage. Je les rassemblai et les plantai autour de Julia pour composer une barrière qui l'empêcherait à jamais de s'en aller. Le résultat m'éblouit : on aurait dit un champ de fleurs dont le soleil magnifiait les couleurs. Comment Julia résisterait-elle à cette harmonieuse palette ? Elle resterait.

A la fin de l'après-midi, un orage éclata. Une pluie drue, serrée, de plus en plus forte, martelait le sol. Nerveuse, Julia arpentait le salon. « Tu ne sais pas où est passé Alexandre ? », me demanda-t-elle. Je l'ignorais mais je lui répondis qu'il avait dû sans doute accompagner les autres à la ville pour y faire des courses. Le claquement des talons de Julia évoquait le tempo d'un métronome qui s'emballe. Des coups de tonnerre déchiraient l'air lourd, leurs grondements s'éloignaient puis, telle une cohorte de chevaux fous, ils roulaient le long de la plaine et se ruaient sur les pentes de la colline rouge d'où ils retombaient, épuisés et affaiblis. Julia s'approchait de la fenêtre, pianotait sur la vitre, participant à ce concert qu'elle semblait diriger. Son oreille de cantatrice devait discerner une infinité de sons qui m'échappaient. Elle se retourna vivement, comme un poisson bifurque à la vue d'un ennemi. Ses traits se durcirent. Les lueurs argentées de l'orage accusaient ses pommettes. Elle avait rejeté ses cheveux en arrière et son front, ainsi découvert, offrait la blancheur mystérieuse des rayons de la lune.

Alexandre entra. Il paraissait essoufflé, mais il avait pris le temps de se changer. Seuls ses cheveux étaient encore mouillés. Il se mit à décrire un arbre que la pluie torrentielle avait renversé sur la route. « Des racines grosses comme ça, fit-il en montrant son poignet. La colline rouge a dû souffrir aussi. J'ai vu des torrents de boue couper la route. Tant mieux ! Là-haut, dans la montagne, les truites mouraient et les cascades étaient à sec. Nous pourrions aller faire une partie de pêche, un de ces jours. Tu viendras avec nous, Émilie ?

– Les gamines ne vont pas à la pêche », répondis-je brutalement. La fureur m'aveuglait. Alexandre, je l'avais senti, se moquait de moi.

Alors que j'allais quitter la pièce, il essaya de me retenir :

« Allons, tu n'es pas une gamine !

– Si, je le suis. Et tu sais très bien pourquoi ! »

A cet instant, la pluie se mit à redoubler, elle fouettait les vitres, tambourinait sur le toit. Une fièvre me gagnait qui faisait battre mon sang plus vite. La maison était cernée, les chemins qui la desservaient étaient brouillés. Je voulais fuir. Retourner dans ma chambre pour lire la lettre. Le bruit d'un moteur de voiture, puis un claquement de portières se firent entendre. Ma mère et mes tantes rentraient de la ville. Je les vis sortir du coffre des paniers de fruits et de légumes, des paquets blancs, de la viande sans doute ou du poisson. Le cortège des femmes entra en procession dans la cuisine. Ma mère, plus fière que les autres, fermait la marche. Elle jeta sur la table un coq noir à collerette dorée. La mort n'avait pas encore terni son plumage et les éclats de sa robe sombre, luisante, presque scintillante, rendaient les flammèches orange qui lui ceignaient le cou, ceinture de feu violent, encore plus intenses et lumineuses. La position de la tête, repliée en arrière, me parut grotesque. Je voulus la dégager et approchai ma main de la crête de l'animal. La rugosité de cette chair écarlate me surprit mais je ne lâchai pas prise : des gouttes de sang perlaient du bec et s'écoulaient sur les plumes poisseuses. Je sentis le regard de Julia peser sur moi. Elle me dévisageait d'un air étrange, presque mélancolique. Jamais elle ne m'avait paru aussi proche de la femme du portrait. La même expression hantait leur visage, signe d'un mystère où se mêlaient le souvenir d'un bonheur timide et l'empreinte d'une douleur retenue. J'essayai de recréer, comme j'avais déjà tenté de le faire, le décor de l'atelier où le peintre avait travaillé. Ses gestes étaient vifs et précis. Il s'arrêtait parfois, prenait du recul et plissait les yeux. « Alors, vous ne le dessinez pas ? » C'était la voix de l'inconnue.

« Non, non, répondait le peintre. La commode est trop étroite, il risquerait de tomber. » Du bout du pied, la femme repoussait doucement le corps inerte d'un faisan doré.

« Émilie ! Émimilie ! Réponds-moi ! Émimilie ! » Alexandre venait de déchirer la brume de mon rêve. Une main sur la hanche, l'autre balayant le vide pour désigner un point dans le ciel, il ironisa : « Toujours dans la lune ! » Singeant la position d'un comédien déclamant une tirade, il répéta, en me fixant : « La lune, oh la luuuune ! Astre brillant dont la froideur incandescente dévore mes entrailles, astre sans gloire qu'aucun remords n'a jamais atteint, car l'amour...

– Ça suffit, Alexandre ! »

La voix de Julia avait sifflé, tel un serpent dressé.

« Car l'amour souvent naufrage a connu sous l'étreinte d'une femme de lune. »

Avant même qu'Alexandre n'achève sa phrase, je compris que Julia avait trahi notre secret.

Très tôt le matin, j'aimais m'asseoir dans l'escalier au bout du couloir. Je guettais le moindre bruit. Les infimes craquements du bois, le souffle d'une brise qui se faufilait par une fenêtre entrouverte, le frémissement d'un papillon retenu prisonnier derrière le voile d'un rideau. Les habitants de la maison s'éveillaient et les volets claquaient les uns après les autres, chacun sur un ton différent. Parfois, le crépi du mur avait été rongé par les intempéries et le battant frappait la pierre nue. Ma solitude rompue, le monde prenait une autre apparence. Désormais, il me fallait répondre à une question de ma mère, croiser le regard d'une tante, travailler à la cuisine. J'avais décidé de détruire les petites poupées en mie de pain. Elles ne servaient plus à rien. J'en avais eu la preuve lorsque j'étais passée devant la chambre de ma tante, un dimanche où le son d'une cloche, venu du plus profond de la plaine, m'avait sortie du sommeil. Étonnée d'un silence inhabituel, je ne pus m'empêcher de tourner la poignée de la porte et d'entrer très doucement.

Des vêtements étaient éparpillés sur le parquet, parures mortes et froissées. Un souffle s'élevait du lit : auprès de Julia, Alexandre dormait. Ses traits paisibles, ses bras largement étendus affirmaient que ce lit lui appartenait. Si je les avais eues entre mes mains, je l'aurais transpercé de toutes mes épingles. Il m'en aurait fallu des milliers pour apaiser ma révolte. J'avais souhaité qu'Alexandre aime Julia et la séduise, mais à une condition : que je sois leur complice.

Sans la moindre gêne, Alexandre s'était approprié la place où j'aimais m'asseoir, près de ma tante. Son bras allongé m'en interdisait l'accès. Comme pour me narguer et souligner la trahison, son pied sortait du drap et se posait, négligent, sur les couvertures repoussées au bas du lit. Quant à Julia, tout son corps avouait sa soumission. Elle enlaçait Alexandre, la joue pressée contre son épaule, et son visage s'effaçait dans cette étreinte qu'elle réussissait à préserver même dans le sommeil. J'apercevais la courbe de sa hanche, l'ébauche de son dos : elle se détournait de ce qui n'était pas son amant.

Je m'enfuis, brûlée par le dépit et la honte. Je ne voulais plus penser à ce lit, mais lorsque Julia et Alexandre furent descendus dans le jardin, je m'empressai de retourner le voir. Il était toujours défait. Sans m'en approcher, consciente d'un interdit, je m'assis dans un fauteuil, face à lui. Son désordre m'intriguait. Sur les deux oreillers, des bosses laissaient supposer qu'on les avait traités avec brutalité. De fines marques, insolites, faisaient penser à des griffures d'ongles qui se seraient acharnés là.

Au contraire, les draps décrivaient d'harmonieuses courbes, se poursuivaient en une musique dont je devinais qu'elle était sublime. Un creux soudain, une ligne abrupte recréaient le silence. Pour le combler, je me rappelais alors la rumeur des vagues qui se fracassent sur un rocher. Comme la mer, la musique qui naissait du lit possédait une force, à demi masquée, mais invincible. Le drap du dessous était le sable d'une plage marquée de ces légers sillons qu'ont inscrits les coquillages et les pattes menues des oiseaux.

Le soleil, en frappant le lit, soulignait des éclats

de blancheur. Il accentuait les contrastes, creusait les ombres. Je songeais aux lamproies qui se cachent, mais la lumière revenait effleurer la courbe d'un drap et me disait que le bruit de la porte, quand je m'étais esquivée, avait réveillé les amants. Alexandre avait alors posé la main sur la hanche de ma tante, pour cette caresse que répétaient maintenant les rayons de soleil.

Afin de mieux comprendre ce qui s'était passé, je comparais ces draps à ceux que ma grand-mère, maniaque, tirait si bien qu'on était tenté de se coucher sur la couverture sans les défaire. Je me remémorais les tumultes inoffensifs de ceux que j'avais tirebouchonnés en jouant, les jours de grippe. Ils ne recelaient aucun mystère, une bosse révélait une poupée oubliée, un triangle marquait le coin d'un livre. Je me souvenais aussi du drap que mon père, le soir, ouvrait d'un geste large, irrité d'attendre ma mère occupée à ranger la cuisine. Le dimanche, ce même drap était caché par le dessus-de-lit qu'on venait d'y jeter à la va-vite. J'avais cru que mon père me donnait une leçon d'ordre. Je réalisai soudain qu'il voulait seulement masquer le lit.

Apaisée par ces souvenirs de mon enfance, j'effleurai du bout des doigts la fine couverture que Julia ou Alexandre avait rejetée au bout du lit.

Un frisson parcourut la paume de ma main. Une odeur lourde, presque âcre, envahissait la pièce. J'étouffais. Paniquée à l'idée d'être découverte, je sortis à reculons pour rejoindre ma chambre. J'allai chercher dans mon armoire un coquillage ramassé l'année précédente. Il avait l'air banal, mais quand on le collait à l'oreille, il faisait entendre la mer mieux qu'aucun autre. Je fermai les yeux : c'était bien le bruit du roulis. On le reconnaissait, confus, encore indistinct. Sa rumeur, venue de très loin, à mesure qu'elle s'amplifiait, me ramenait au spectacle du lit défait d'Alexandre et de Julia. Navire abandonné, il gardait le secret de ses nuits. J'aurais aimé guetter les flots du sommeil si j'avais été sirène, voir déferler les vagues des rêves et m'endormir dans sa proue.

A l'instant où je reposai le coquillage sur la table de chevet, mon regard croisa celui de la femme du portrait. Une lueur que je n'avais jamais discernée scintillait dans ses yeux. Métallique. Impitoyable. Je savais que je n'aurais pas dû entrer dans la chambre de Julia. Que je n'aurais pas dû voler sa lettre. Le reproche muet que m'adressait l'inconnue du tableau me condamnait. Je n'étais pourtant pas la seule coupable. Alexandre s'était moqué de moi. J'avais aussi deviné que Julia lui avait raconté cette nuit où la lune avait tant brillé. A l'image de ces contes de fées où les magiciens dissimulent leurs pouvoirs surnaturels derrière une apparence anodine, elle m'avait ouvert les portes d'un monde vertigineux où je pouvais agir à ma guise. Sa trahison me paraissait pourtant incompréhensible. Elle me précipitait à nouveau dans l'univers venimeux de mes oncles et tantes. Après avoir cru échapper à leur pouvoir, je me retrouvais entre leurs mains, comme ces animaux qu'elles découpaient à grands coups de hachoir. J'entendais déjà leurs ricanements, je voyais leurs doigts fouiller les chairs blessées, briser les os, vider les entrailles.

Le charme était rompu. Et Alexandre en portait la responsabilité. C'est lui qui avait dû obliger Julia à lui livrer notre secret. Il avait dû agir par la ruse, se faufiler, tel un démon, dans ses songes. Je devais empêcher Alexandre de continuer à voir Julia. Diable, je deviendrais diable, moi aussi. La lettre que j'avais conservée serait le grimoire de sa perte. Ses mots crépitaient dans ma tête. On aurait cru que les aiguilles de pin sur les chemins où nous nous étions promenés étaient prises de folie. Leur ballet frénétique se moquait des promenades que j'avais aimé faire avec Julia : elles dénonçaient leur mensonge. Quand j'avais voulu rivaliser avec elles, en manœuvrant au soleil d'autres petites épingles en acier, celles de ma mère, leur pouvoir m'avait échappé.

Julia ne chantait plus. Elle avait tout abandonné pour Alexandre. Peut-être avait-elle peur. Les rôles qu'elle avait répétés, et dont elle m'avait conté l'histoire, défilaient maintenant à toute allure dans ma tête comme des menaces. L'homme de la lettre allait-il venir la poignarder ? Je m'approchai de la glace et m'appliquai à déformer mon visage, retrouvant les grimaces qui m'étaient interdites, celles que Julia autrefois s'exerçait à faire avant de chanter pour donner plus d'ampleur à sa voix. Je tirai sur les lobes de mes oreilles, et, à mesure que je louchais, il me semblait que le miroir se remplissait d'eau. Des images se superposaient : le sourire moqueur d'Alexandre, cette promesse de Julia, la nuit du soir de lune. Mais aucun son ne pouvait franchir ma gorge. Pourquoi m'avait-on défendu de faire des grimaces quand j'étais petite ? Je fronçai les sourcils, appuyai sur mon nez, puis le tordis, ouvris largement la bouche pour voir l'intérieur de la gorge. Le rose luisant, la salive qui brillait me firent peur. J'entendis monter le bruit de mer qui naissait du coquillage lorsqu'on le portait à l'oreille. Je me souvins des récits effrayants qui évoquaient le déferlement furieux de l'océan : ses victimes avaient beau courir, les flots montaient, les acculaient à une falaise, à une grotte, avant de les submerger. Après avoir regardé le lit de Julia et d'Alexandre, je devinai qu'il était inutile de multiplier les grimaces. La lame allait bientôt m'emporter.

J'eus l'impression que la nuit était tombée en plein jour, terrassant le soleil et ses rayons brûlants. Pas un bruit ne s'élevait de la maison. « Les loups sont sortis, pensai-je, il faut en profiter. La nuit tombée, ils exigeront de la viande fraîche, leurs canines déchireront la chair des animaux et leurs lèvres laisseront échapper des filets de graisse, oncles loups et tantes louves jamais repus. » Je me dirigeai vers le tiroir du bureau. La blancheur de la lettre semblait un avertissement. Je la glissai dans la poche de ma jupe. Je sentis à cet instant le regard de la femme du portrait. Il avait la force d'un javelot à la pointe de feu. Son dard s'enfonçait entre mes yeux et vrillait mon crâne. Je m'approchai du tableau par le côté, puis, en me haussant sur la pointe des pieds, je le retournai face contre le mur. Soulagée, je quittai la pièce. Le couloir, tonnelle de lumière, me conduisit jusqu'à la porte d'Alexandre. Le décor de sa chambre me surprit. Froid, ordonné. Un miroir. Des bagages en cuir, une boussole sur la table, des appareils photo, un étrier (pourquoi un seul ? Alexandre ne montait jamais à cheval), une badine, une flasque d'alcool en argent. Hésitante, je farfouillai dans les plis de ma jupe. Sur la commode, devant moi, une photo montrait une femme dont le visage m'était inconnu. Julia ne la connaissait certainement pas davantage. Je saisis la lettre avec précaution, comme si je caressais le tranchant d'une longue épée, puis la glissai sous le cadre de la belle inconnue. En refermant la porte, je chuchotai : « Bonne nuit, Alexandre. Fais de beaux rêves, Alexandre. »

Je retournai dans le jardin. Plus que jamais, dédaigneux ou perfide, l'eucalyptus, dont les feuilles, fontaines de lumière, irradiaient, ne protégeait pas celui qui, sans méfiance, se serait couché sous ses branches. Il n'y avait pas de vent, je savais qu'il ne me restait plus qu'à attendre que les ombres s'étirent.

« Pourquoi tu as fait ça ? » L'homme avait reposé sa tasse de thé sur le plateau qu'un jeune garçon venait de déposer dans la chambre, en même temps qu'un collier de jasmin et le journal. Les cris de la rue les avaient réveillés avant le lever du jour. Paysans tirant leurs charrettes chargées de légumes encore couverts de rosée, vendeurs de beignets au miel, pêcheurs offrant à la criée leurs paniers remplis de poissons aux ouïes saignantes, vieilles femmes portant sur la tête d'immenses corbeilles de citrons et d'herbes parfumées : tous convergeaient, serpent coloré, grinçant et hurleur, vers les places des marchés où les attendaient déjà, l'air grave, les acheteurs.

« Je ne sais pas. Il faisait si chaud. Cette lettre me brûlait, il fallait que je m'en débarrasse. Je ne pouvais plus retourner dans la chambre de Julia. J'avais peur du lit, de ce qu'il me dirait. Je ne pouvais pas non plus déposer la lettre dans un autre endroit où un étranger l'aurait trouvée. Elle ne concernait que Julia et Alexandre. Je n'avais pas l'impression de les trahir. Elle leur appartenait. »

La femme glissa timidement sa main sur le drap pour essayer de se rapprocher de l'homme. Elle le toucha à peine du bout des doigts, désireuse d'interrompre la séparation qu'elle avait senti naître entre eux. Elle n'osait plus le dévisager ; son regard était happé par la couverture du journal : une jeune fille drapée de noir tendait la main en un geste de supplique vers un soldat dont la mitraillette était pointée sur son ventre. Elle songea : une guerre, quelque part. Des larmes encore. Des cris, du feu, des enfants perdus.

Elle répéta : « Je ne sais pas. » L'homme insista : « Je ne te crois pas. En fait, tu voulais n'avoir Julia que pour toi. La lune avait dû frapper trop fort ! » Idiot. Elle l'avait traité d'idiot. Puis elle lui avait rappelé sa promesse de l'accompagner aux souks. En sortant de la chambre, elle prit dans sa poche un morceau de brioche à la fleur d'oranger.

Comme s'ils fendaient la lourde masse de l'eau pour plonger au fond de la mer, ils quittèrent les grandes artères de la ville à la recherche des rues étroites des souks. Ils entrèrent dans des boutiques sombres. La femme enfouissait les mains dans les tissus, jouissant de la douceur des soies, des satins. Devant un artisan qui taillait une plaque de corne pour en faire un peigne, sans attendre, elle voulut cet objet inachevé pour sa couleur, les fines veines qui suggéraient des paysages. « Tu aimes ? » L'homme marmonna : « Julia aurait aimé ? » Au-dessus des souks, le jour était masqué par des planches de bois et les auvents des boutiques. Dans la fausse ombre ainsi créée, le soleil n'existait plus. Les cuivres dorés, les dentelles safran et les rouges des étoffes brillaient d'un éclat sourd. Des enfants se disputèrent pour les guider. La femme aimait leurs voix aiguës, cris d'hirondelles déchirant l'espace pour révéler un ciel encore plus bleu. L'un d'eux la tira par la manche, voulut l'entraîner vers une autre ruelle où son cousin tenait commerce. L'homme s'interposa. Par bouffées, les senteurs des épices s'enfiévraient. Mêlée au musc et à la menthe, l'odeur du cuir les soûlait, âpre et animale.

Devant l'établi d'un cordonnier où s'entassaient des sandales et des babouches multicolores, l'homme se rapprocha de la femme.

« Tu pouvais penser qu'Alexandre serait furieux. Tu pouvais craindre de faire du mal à Julia.

– Je ne songeais à rien. Seulement à cette lueur métallique dans les yeux de la femme du portrait qui m'effrayait et me paralysait. »

L'artisan avait posé le petit marteau avec lequel il frappait les peaux. L'air amusé, il les invitait, d'un geste, à vérifier la qualité de son travail.

« Mais ce portrait, qui représentait-il ? Quelqu'un de votre famille ?

– Je le croyais. Personne ne répondait à mes questions. Comme si on voulait me cacher quelque chose. Pendant une promenade en canot avec Alexandre, j'avais décelé une ressemblance certaine entre Julia et la femme du portrait. J'ai appris par la suite que c'était bien plus simple. Mon grand-père l'avait acheté lors d'une vente dans une grande propriété.

– Tu as vu ce collier ? Il est beau, non ? Je te l'offre. »

L'homme avait choisi sur un petit tapis de feutre vert un collier d'argent lourdement incrusté de pierres turquoise. Il le porta à hauteur des yeux de la femme, puis le tendit au commerçant qui l'enveloppa dans un papier cartonné. Au moment de payer, la femme dit : « Tu ne marchandes pas ?

Tu déroges aux rites. » L'homme haussa les épaules et, en guise de réponse, se contenta d'une boutade : « Je n'accepterais même pas de marchander ma vie. »

La femme reprit sa marche. Elle éprouvait le besoin de prendre place dans ce vacarme dense, tintamarre volontaire et obstiné, sous-tendu par des intérêts précis, des ruses, des défis, le désir d'attirer l'attention et de convaincre. Voix gutturales, chuchotements, plaisanteries filaient d'un étal à l'autre. Tous les sons étaient réunis là, dans ces passages si resserrés que tout les frôlait, le bras d'un marchand, l'avancée d'un éventaire, les sacs suspendus, les piles de tissus. Des robes longues étaient accrochées à un mur. La femme palpa leur étoffe. « C'est curieux, fit-elle. On dirait un de ces costumes que Julia portait en scène. Elle me l'avait montré un jour dans sa chambre.

– Elle s'était déshabillée devant toi pour la mettre ? »

Elle l'aurait giflé. Pourquoi s'obstinait-il à ne pas comprendre, à ne pas entendre ce qu'elle lui confiait ? Au détour d'une ruelle, elle accéléra le pas, bousculant un groupe d'enfants qui se disputaient des tranches de pastèque. L'homme la perdit de vue.

La portière d'une voiture avait claqué, j'avais entendu des pas crisser sur le gravier, puis on frappa à la porte de la cuisine. Ces coups de gong résonnèrent dans ma poitrine. On venait me chercher. Quelqu'un m'avait vue glisser la lettre sous la photo dans la chambre d'Alexandre. J'allais être interrogée, on m'accuserait. Terrorisée, je me blottis contre l'armoire. Le bois chaud sur ma peau me donna la nausée, j'avais l'impression d'affronter la chair d'un animal monstrueux dont les écailles transperçaient la paume de mes mains. Son souffle rauque me pénétrait, feulement sourd dont l'origine se perdait jusque dans les entrailles de la terre. Couverte de lave brûlante, les pattes déchiquetées, la créature me dévisageait comme si elle allait bondir. Je me précipitai hors de ma chambre et dévalai l'escalier qui menait à la cuisine.

Les femmes avaient abandonné sur la table un lapin sanglant, un bouquet de thym et des feuilles de laurier étaient disposés près du foie que l'on avait déjà nettoyé. Un inconnu parlait d'une voix rapide : « Ça a commencé derrière Tusquets ce matin, c'est le curé qui a vu les premières flammes, et ça pousse maintenant, ça pousse de partout. Les pompiers de Vandarle et de Martinol n'y arrivent plus. Ils ont appelé ceux d'Escargasse et de Pantaléon, mais ça ne suffit pas, il faut encore des hommes, il y en a chez vous ? » Ma mère répondit que mes oncles étaient remontés travailler à la ville. On ne les voyait que le week-end. Seul Alexandre pourrait donner un coup de main, mais on ne savait pas où le trouver ce matin. L'homme se passa la main dans les cheveux : « Il faut qu'il vienne, on a besoin de tout le monde, sinon, ce soir, les flammes seront au pied de votre colline rouge. La radio annonce du mistral pour cet après-midi. Dites à votre Alexandre qu'il vienne à la mairie, on y regroupe les volontaires. » L'homme était reparti aussitôt, refusant le verre de vin que ma mère lui proposait.

Je suivis les femmes jusqu'à la voiture, scarabée

ventru dont la carapace luisante disparut bientôt dans un nuage de poussière. Julia vint nous rejoindre, elle s'était habillée à la hâte, enfilant des chaussures rouges avec une robe vert pomme dont la ceinture était maladroitement nouée. « J'ai entendu, c'est le feu ! Regardez, on voit la fumée là-bas ! Et on sent l'odeur de brûlé. » Pas un bruit ne s'élevait dans la campagne. Les cigales s'étaient tues. Même les arbres paraissaient figés dans l'attente. Des volutes jaunes et grises déchiquetaient le ciel au loin. « Vous croyez qu'il va venir jusqu'ici ? », demanda Angélique d'une voix inquiète. La vieille Catherine s'avança en traînant les pieds : « J'en ai déjà vu des comme ça. Après la guerre, un feu a brûlé toute la colline rouge et les maisons du bas du village. Si le mistral se lève, il courra plus vite qu'un cheval au galop. Nous ne pourrons pas rester ici. »

Jamais la façade de la maison ne m'avait paru aussi blanche, d'un éclat dont l'insolence défiait ces chevaux de feu que j'imaginais bondissant dans la garrigue, jaillissant entre les énormes rochers des collines avoisinantes, puis, l'encolure dressée, leurs naseaux de braise venant répandre leur souffle sur les murs du mas. « Le feu ne laisse rien », murmura ma mère. « On verra, lui répliqua la vieille Catherine. En tout cas, moi, je vais faire cuire mon lapin, il faut bien une heure ou deux et si, après le repas, ça fume toujours là-bas, il faudra fermer les fenêtres et commencer à mouiller les murs. »

Nous déjeunâmes en écoutant la radio. L'incendie se propageait sur plusieurs fronts et des avions allaient décoller pour déverser de l'eau sur les foyers. Des pompiers avaient été blessés et un de leurs camions détruit. Alexandre était venu nous rejoindre, il partirait à la mairie après le repas. L'atmosphère était électrique, personne n'avait faim. Ma mère ne cessait de houspiller la vieille Catherine : « Vous avez bien fermé le gaz ? Et les tuyaux d'arrosage ? Il ne faudra pas oublier de récupérer ceux qui sont dans la cabane à outils. Vous ne trouvez pas qu'il commence à faire sombre ? Mathilde, il faudra que tu enfiles un pantalon, et toi aussi, Émilie. Julia, change de robe aussi, le vert me porte malheur. » Angélique et Annette ne demeuraient pas en reste, et bientôt les recommandations fusèrent de toutes parts. Quand Alexandre quitta la table, il évita d'adresser la parole à Julia et me lança un regard pointu. Avait-il trouvé la lettre ? Avait-il deviné que j'étais la messagère de mauvais augure ? L'incendie me sauverait. Il détruirait la maison, il brûlerait la lettre. Et l'été recommencerait comme avant. Julia chanterait à nouveau, j'irais l'écouter, elle me caresserait les cheveux, nous irions sur les chemins des collines, nous compterions les étoiles dans la nuit, et la lune serait notre complice. Je me mis à chantonner une prière : « Petit feu, petit feu, viens lécher les pierres de la maison, petit feu, petit feu, viens lécher ses poutres, viens noircir les escaliers, dévore les rideaux, les lits et les armoires, petit feu, petit feu, laisse courir tes flammèches sur la lettre, ses cendres seront notre oubli, petit feu. »

Je ne pouvais m'empêcher de ressentir un certain soulagement en voyant que le bleu du ciel était enfin altérable. Il perdait son impudence et cette insensibilité qui n'avait cessé de nous narguer depuis le début de l'été. On était persuadé que rien, jamais, ne pourrait l'entamer. Et pourtant, je voyais là-bas ces colonnes de fumée grises, noirâtres, qui s'élevaient avant de s'étioler puis de se dissoudre dans les hauteurs. Des traînées égarées planaient obstinément, comme si elles voulaient me dénoncer, en dessinant tous les mots, toutes les phrases de la lettre.

Le ciel fut traversé par un vol jaune. Le vrombissement de l'avion m'assourdit. Son passage signifiait la fin de l'incendie. Mais moi, je savais qu'il ne fallait pas s'y fier : le soleil était trop ardent sur nos têtes et les arêtes des cailloux sous mes pieds nus trop vives. L'haleine du feu ne consumait-elle pas déjà ces branches desséchées ? Angélique, qui ne cessait d'écouter la radio, surgit brusquement sur le perron et cria : « Le mistral s'est levé, il rabat les flammes vers Cordelou. Les gens ont commencé à évacuer les maisons. » Un bruit sec détourna notre attention : la vieille Catherine fermait les volets au premier étage. Elle y mettait tant d'énergie que nous nous sentîmes rappelées à l'ordre : elle voulait faire cesser ces bavardages inutiles. Nous nous dirigeâmes vers la maison, ma mère ayant décrété qu'il fallait nous préparer à partir. Julia ne suivit pas tout de suite les autres – je pensai avec méchanceté qu'elle s'était toujours ainsi tenue à l'écart. S'inquiétait-elle d'Alexandre ? Les chemins qu'ils avaient suivis, les buissons à l'ombre desquels ils s'étaient embrassés avaient pris feu. L'air même, irrespirable, étouffant, semblait naître de braises incandescentes. Lorsque Julia pénétra dans la maison pour rassembler quelques affaires, je m'affolai. N'allait-elle pas vouloir emporter la lettre ? Que penserait-elle en ne la trouvant pas ? Elle s'arrêta en murmurant : « Avec toutes ces précautions, on va finir par attirer le malheur. » « Prends au moins ton argent », lui lança Mathilde. Ma mère les appela à l'étage : elle avait trouvé des jumelles et scrutait l'horizon. Les femmes se précipitèrent pour la rejoindre, je restai seule. Une rumeur sourde emplissait l'horizon. L'air était devenu âcre, chargé de fines particules noires qui voletaient sans repos comme de minuscules insectes. Les colonnes de fumée, drapeaux ocre, déployaient au loin leurs corolles sulfureuses. Des hommes étaient passés en courant devant la maison, l'un d'entre eux s'était arrêté pour demander à boire. Puis il avait disparu, laissant derrière lui un chiffon noirci. J'avais eu envie de les suivre, tentée par le spectacle du brasier. Mais je m'étais contentée de prendre le chemin de la colline rouge. Jamais sa terre n'avait semblé aussi violente. Le mistral fouettait les massifs d'arbustes, au creux des ravines. Entre deux rochers, je vis une ombre furtive se glisser. C'était un renardeau. L'animal avait bondi sur une plate-forme rocheuse. Le museau pointé vers le ciel, il paraissait chercher un point de repère. Ses pattes tremblaient, il hésita, chancelant presque, puis sa robe de feu disparut, laissant en suspens dans mon regard une griffe de couleur. Il devait fuir la fournaise, sans savoir qu'il se précipitait peut-être au-devant d'autres flammes. Abandonnée, la colline se résignait à subir l'assaut de l'embrasement. Des hommes se hélaient au cœur de la vallée obscurcie, des bouquets d'étincelles jaillissaient dans l'azur. La terre entière était devenue un immense chaudron d'où s'échappaient les vapeurs du sol martyrisé. Je pris peur. Et pourtant, j'avais envie de revoir cet olivier au pied duquel Julia avait laissé tomber la photo d'un amant. Nos voix hantaient encore cette journée gravée au plus profond de moi.

« C'est ton amoureux ?

– C'était mon amoureux. Il ne l'est plus.

– Tu l'as quitté ?

– Non, c'est lui. Il est parti travailler aux États-Unis. Il voulait que je le rejoigne là-bas. J'ai refusé. Il a cessé de m'écrire. »

Julia n'avait jamais été aussi proche de moi. Puisque mes oncles et mes tantes la rejetaient, je devenais sa seule complice. Elle me livrerait d'autres secrets, j'en étais sûre. Leur audace m'enivrait. J'inventais mille Julia, femme d'un soir qui parcourait le monde, des brassées de roses jetées à ses pieds. On acclamait Julia. On l'aimait. Quand elle rejoignait sa loge, toujours une ombre l'attendait. C'était le récit de cette gloire tumultueuse que j'espérais.

Quand j'arrivai, essoufflée, au pied de l'olivier, je fus déçue. L'endroit paraissait morne et vide. Comment avais-je pu rêver près de cet arbre rabougri ? Son tronc noueux, ses branches entortillées offraient un spectacle grotesque. Tout était de la faute d'Alexandre. En emportant Julia, il avait tué mes rêves. J'avais eu raison de glisser la lettre dans sa chambre. Je n'en voulais pas à Julia. Mais à lui seulement. Le jour faiblissait, je décidai de rentrer.

La maison m'apparut au détour de la dernière courbe du sentier. Ultime rempart, ses murailles blanches défiaient la menace des lueurs rougeâtres de la plaine dévastée. L'incendie avait énormément progressé, dévorant plusieurs collines. Rien ne semblait pouvoir arrêter sa course brûlante. « La voilà ! » Julia avait crié et je devinais son bras tendu vers le chemin que j'avais emprunté. Plusieurs femmes l'entouraient, il y avait aussi un camion, près de la terrasse. Je courus.

La gifle jeta un voile sur mes yeux. Des nuées de points noirs m'envahirent le regard, j'entendis un bourdonnement. Lorsque le vertige se dissipa, le visage de ma mère m'apparut laid, avec ses lèvres défaites. « Qu'est-ce qui t'a pris ? Idiote ! Espèce d'idiote ! Où tu étais ? » Elle criait, mais je ne l'écoutais pas. C'était elle l'idiote. Julia se rapprocha de moi et posa son bras sur mes épaules. « Allons, laisse-la, tu vois bien qu'il ne lui est rien arrivé. Regarde, on dirait même qu'elle vient de se coiffer ! Il n'y a pas un cheveu qui dépasse ! Et ils sont si beaux... » Ma mère ne voulait pas désarmer. « Viens ici ! » D'un geste brusque, elle me tira par la manche. « Je vais t'accompagner dans ta chambre, il faut que tu prennes tes affaires pour la nuit, nous allons dormir au village. Je t'interdis de me quitter désormais, tu ne bouges plus ! »

Une demi-heure plus tard, nous étions toutes montées à l'arrière du camion que conduisait le vieux secrétaire de mairie. Ma mère serrait contre elle un fichu roulé en boule et une trousse de toilette. Mes tantes avaient préféré prendre des paniers, Simone ayant rempli le sien d'amandes et de tomates. « Pendant la guerre... », dit-elle à Julia, mais le bruit du moteur couvrit la suite de ses paroles. Ma joue était toujours brûlante. J'avais l'impression que les doigts de ma mère s'y étaient incrustés et que ses ongles me déchiraient les gencives. La maison s'éloignait de nous, bientôt elle ne fut qu'une tache éclatante au pied de la colline rouge.

La place du village était méconnaissable. Notre camion se frayait péniblement un chemin à travers les groupes de curieux. Tous scrutaient l'horizon. La fumée des collines commençait à gagner les ruelles et par moments le ciel s'embrasait de lueurs rouges. La mairie avait été transformée en un gigantesque dortoir. Nous déposâmes nos affaires au fond d'une salle où l'on avait rangé contre le mur un tableau représentant un Christ. Son visage était étonnant, tel celui d'un adolescent surpris. Je repensai à la lettre. Mon ventre se crispa. Où était passé Alexandre ? Et Julia ? Ma mère et la vieille Catherine aidaient la tante Simone à dissimuler ses provisions dans les tiroirs d'un secrétaire. J'en profitai pour m'éclipser au-dehors. La foule semblait encore plus compacte. Les hommes parlaient fort et faisaient de grands gestes qui balayaient les collines environnantes. Près de la mairie, le garage où étaient remisées les citernes offrait le spectacle d'une grotte déserte. En m'en approchant, je discernai au fond un vieux corbillard abandonné. Dans la rue, des enfants faisaient cercle autour d'un animal blessé, un chien qui avait été happé par un camion de secours. Son flanc était à vif, il gémissait doucement : toute sa vie paraissait s'échapper par ses yeux. Les enfants se taisaient. « Ne reste pas là, ne t'inquiète pas, on va le soigner. » Julia m'avait retrouvée. Sa présence me rassura. « J'ai aperçu Alexandre, fit-elle. Si tu avais vu sa tête ! Il avait la chemise et le pantalon déchirés, on aurait dit qu'il venait de passer la journée dans la marmite du diable ! Il était excité comme une puce. Ce soir, ils vont retourner du côté de Valaire, c'est là-haut que ça brûle le plus. Mais tu n'es pas fatiguée, toi ? Tu devrais te reposer. Ta mère et les autres sont sur le point d'aller dormir. Enfin, de s'allonger en tout cas... »

La nuit avait envahi le village. L'électricité avait été coupée et l'on avait allumé des braseros. Avec Julia, nous allions d'un groupe à l'autre pour essayer d'avoir des nouvelles de la maison. Mais personne ne put nous en donner. J'imaginai le marronnier calciné, le portrait accroché dans ma chambre étouffé sous la fumée. Je ne l'avais pas retourné, l'inconnue faisait toujours face au mur. Son agonie serait terrible, les flammes feraient grésiller ses cheveux. Elle aurait beau crier, sa bouche fondrait et au matin on ne trouverait qu'un petit tas de cendres.

Un grondement envahit la place. Les groupes

s'étaient resserrés pour n'en plus former qu'un. Deux hommes, visiblement harassés, venaient d'annoncer que des tourbillons de flammes avaient encerclé plusieurs pompiers. Ils avaient disparu, on les croyait morts. Des jeunes gens se précipitèrent vers des voitures, leur cortège s'enfonça dans la nuit. Julia me prit la main mais je ne voulais pas partir. La lumière des braseros inondait les visages d'une lueur presque blafarde : sur l'obscurité de plus en plus épaisse, ils se découpaient comme des masques. Mes paupières étaient irritées par l'air piquant. Julia me conseilla d'y passer un chiffon humide. « Et puis après, nous irons nous coucher. Nous n'avons rien à faire ici. »

Nous retrouvâmes ma mère et mes tantes dans la salle du dortoir. Assises sur une couverture posée à terre, elles bavardaient tranquillement tandis que la vieille Catherine cassait des amandes. Ni la folie ni la fureur de l'incendie ne les préoccupaient. Sans dire un mot, je m'allongeai sur un lit, épuisée. Mon corps était engourdi. Une image silencieuse se glissa dans mon demi-sommeil. C'était le renardeau. Il se tournait vers moi, apaisé.

« Tout est fini. Nous allons rentrer à la maison. » Ma mère, penchée au-dessus de mon lit, m'avait réveillée. Elle souriait. Le cauchemar de la nuit avait disparu, chassé par les rayons du soleil qui faisaient luire les lames du parquet ciré. Julia portait son sac à la main, déjà prête à rejoindre, dit-elle, « la Colline rouge ». Je le compris en un éclair : l'incendie avait donné à notre maison un nom. On ne l'appellerait plus qu'ainsi : la Colline rouge. Lorsque nous nous retrouvâmes sur la place, je fus surprise de constater qu'elle avait un autre visage. Malgré l'odeur persistante de la fumée, corrosive et tenace, les villageois déambulaient devant les étals du marché. Entre les amoncellements de melons, de poivrons, de tomates et d'aubergines, on avait laissé un passage pour les citernes et les camions de pompiers. Il fallait encore surveiller des foyers dont les braises, attisées par le vent, pourraient relancer la fournaise. Mais personne ne voulait y croire. On voulait oublier qu'alentour les flancs de la vallée et les plus belles collines avaient été dévastés, terres noires marquées du sceau de la brûlure. Julia proposa à ma mère d'acheter un lapin : « Celui d'hier, dit-elle en riant, nous a échappé ! Tiens, Émilie, va chercher du thym et du romarin. Là-haut, il ne doit plus en rester beaucoup. » Catherine proposa de m'accompagner, je lui fus reconnaissante de me guider. Nous venions de faire quelques pas lorsque je sentis sa main rugueuse me serrer doucement le poignet et m'obliger à lever le bras. « Regarde ! » Dans le ciel, d'un bleu presque phosphorescent, deux traînées immaculées progressaient, flèches muettes. Devant elles, l'éclat métallique d'un fuselage d'avion refléta un instant la lumière du soleil. « Ils ne nous ont pas vues, ils doivent lire leur journal », fit-elle gaiement. L'incendie aussi avait changé la vieille Catherine. Ses flammes avaient-elles ravivé le souvenir d'un passé rieur ? En voyant sa main se faufiler entre les bouquets de thym, « pour choisir le plus beau », dit-elle, la blancheur de sa peau me rappela soudain celle du papier de la lettre. La lettre. Alexandre la portait-il sur lui ?

« Tiens, regarde celui-là, il sent bon comme un baiser de jeune fille ! »

Le retour à la maison fut interminable. Tante Simone avait réussi à convaincre un maraîcher, contre la promesse d'un repas inoubliable, de nous raccompagner dans sa camionnette. Julia était montée à l'avant, un grand panier rempli de fruits et de légumes posé à côté d'elle. Sur la banquette arrière nous avions mis les pêches et les tomates juteuses qui risquaient de s'écraser. Je devais veiller à ce que les paquets ne glissent pas. La chaleur exacerbait l'odeur douceâtre et sucrée des fruits. Julia avait relevé ses cheveux. Sa nuque découverte lui donnait une allure nouvelle.

Je grappillais des grains de raisin, une figue fendillée, une prune trop mûre. Je levai les yeux en cherchant où essuyer mes doigts poisseux. Une cascade de lumière jaillit sur moi. Quand j'entrouvris à nouveau les paupières, je compris : le rétroviseur, à la faveur d'un tournant, captait tout le ciel et renvoyait son éclair aveuglant. Il ne recueillait ni les arbres qui défilaient ni le faîte des maisons. Seulement cet éclair blanc, plus éblouissant que le flash d'une photo. Désormais pour moi, l'image de Julia, à la nuque si fragile, fut liée à cette flamme meurtrière.

Le chemin était ravagé. Même les pierres paraissaient dévorées. Les arbres dressaient vers le ciel leurs branches calcinées, tels des bras impuissants appelant au secours. Julia ne cessait d'enrouler une mèche autour de ses doigts. Était-elle soucieuse ? Nous n'avions pas revu Alexandre depuis la veille mais un avis placardé à l'entrée de la mairie avait annoncé qu'il n'y avait eu aucune victime. « Où est-il encore passé, celui-là ? », avait demandé ma mère. La voiture avait fait une embardée pour éviter un nid-de-poule et tante Simone, s'accrochant à la poignée de la vitre, avait lancé : « Celui-là, il va toujours au feu ! » Julia n'avait rien dit.

Un spectacle surprenant nous attendait au pied de la colline rouge. Ses contreforts avaient grillé, jonchés de cendres grises. Seule une langue de terre avait été épargnée : celle où se trouvait notre maison. La coulée verte et ocre se prolongeait sur l'arrondi de la colline, oasis miraculeuse dont le marronnier semblait le gardien.

Mes oncles nous accueillirent sur la terrasse. Ils avaient quitté leur travail et la ville, inquiets de la tournure des événements. Alexandre se trouvait parmi eux. Des rires et des cris saluèrent notre arrivée. Jamais la maison n'avait résonné d'une telle joie. Après le déjeuner, je montai dans ma chambre. Mon premier regard fut pour le tableau, il était toujours face au mur, je n'osai le toucher. J'ouvris la fenêtre. La lumière était brutale en ce début d'après-midi. Les jumelles dont s'était servie ma mère la veille traînaient sur mon lit. Lorsque je les saisis, elles parurent lourdes et froides. Après avoir écarté le rideau, je les pointai en direction de la campagne. D'abord, je captai seulement des morceaux de ciel et d'arbres noircis. Le bruit d'un moteur, au loin, me guida. Je discernai un tracteur orange qui progressait au milieu d'un champ de cendres. Légèrement en contrebas, un homme coiffé d'une casquette dégageait des branchages. Les jumelles opéraient avec la brutalité d'une caricature. Rétrécissant le champ visuel, elles isolaient chacune des attitudes de l'homme. Découpés sur le bleu du ciel, les gestes se faisaient saccadés. Prisonnier du cercle des jumelles, il devenait insecte. Brusquement, il accéléra le pas et je perdis sa trace.

Balayant l'horizon, je remontai le flanc de la colline rouge. Face au désarroi des collines alentour, ses buissons et ses arbres affichaient l'insolence de leur vie. Entre les rochers, je cherchai en vain à repérer un animal. Je crus distinguer une silhouette blanche, mais je fis un mouvement trop rapide et elle disparut. En m'appliquant à déplacer lentement les jumelles, je parvins à la retrouver : c'était Julia !

A sa vue, je pris conscience pour la première fois de sa vulnérabilité. Elle était si légère et menue dans l'immensité du ciel ! Sa fragilité ne tenait-elle pas au silence que la distance maintenait autour d'elle ? Mais Julia, d'un bond, échappa à mon regard. Que faisait-elle là-haut, toute seule ? Dissimulait-elle un chagrin ? Et Alexandre, pourquoi ne l'accompagnait-il pas ? Lui avait-il parlé de sa lettre ? Mal à l'aise, je reposai les jumelles sur mon bureau.

La chaleur étouffante m'incita à aller chercher le frais dans la cuisine. Mes oncles, les chemises déboutonnées, étaient attablés devant plusieurs bouteilles de rosé. Ils parlaient fort et leurs voix m'effrayaient. Jean, l'œil pétillant, s'adressa à moi quand il me vit entrer : « Alors, Émilie, tu n'as pas eu trop peur ? Tu n'avais jamais vu ça, hein ? Eh bien, nous non plus ! » Son exclamation déclencha une tempête de rires. Henri tapait sur la table avec le dos d'un canif, comme pour marteler le discours de Jean. Dans la pénombre de la pièce, ces hommes m'apparurent tels des monstres dont les mains épaisses battaient maladroitement le vide. J'allai me rafraîchir la tête sous le robinet du lavabo et avant de sortir je laissai tomber : « Non, je n'ai pas eu peur. »

Dehors, tout était silencieux. Les cigales tardaient à revenir. Ma mère et mes tantes devaient faire la sieste. Sur la terrasse, je poussai distraitement un caillou du bout du pied. Son glissement sur la pierre rendait un son mat, presque étouffé. Je le ramassai. Il était si brûlant qu'aussitôt je le lançai dans le jardin. Celui-ci me fascinait tant il changeait au cours de la journée. On aurait pu croire qu'un joueur s'était plu à en modifier le décor au gré de sa fantaisie. Le matin, seuls comptaient le devant de la maison et les hauts murs du jardin qui protégaient encore du soleil. Mais l'ombre rétrécissait et bientôt le mur lui-même éblouissait de sa blancheur. A cet instant, la chaleur semblait monter du sol, et il n'était plus possible de lui échapper.

Le soleil alors jetait des sorts. Il choisissait un massif de lauriers, oubliait les agaves. Sous l'arbitraire de ses décisions, le monde était devenu un gigantesque puzzle. La ferveur de l'astre éclairait le vert des feuilles d'une nuance de jaune. Plus près du cœur de l'arbre, elles reprenaient leur vraie couleur. Si on s'approchait du tronc, là où les ombres se superposaient, les feuilles se révélaient d'un vert plus soutenu et presque noir, leur peau épaissie évoquait le cuir d'un animal.

Un bruissement s'éleva derrière la treille où mes tantes et ma mère avaient l'habitude de venir bavarder en écossant des haricots ou en tricotant. Je me faufilai sous l'abri du feuillage.

Julia et Alexandre, enlacés, tournaient sur eux-mêmes. Ils ne disaient pas un mot. Alexandre caressait le visage de Julia, doucement, comme s'il voulait défier le temps et l'oubli. Julia gémissait, ses murmures étaient entrecoupés de ces étranges frémissements que l'on appelle soupirs en musique. Soudain, je revoyais le tabouret recouvert de velours noir sur lequel je m'asseyais, enfant, devant le piano. Une photo me montrait pendant la leçon, un jour de canicule. Mon professeur, penchée sur la partition, m'enseignait les soupirs et ils me paraissaient les bienvenus – des glaçons dans la fournaise de l'été. Les soupirs, m'expliquait-elle, n'étaient pas le silence, mais l'attente d'un son. Je regardais les signes noirs inscrits sur la portée et, levant les doigts, j'immobilisais ma main. Ce repos était alors l'espoir d'autres notes.

Dans l'étreinte de Julia et d'Alexandre, les soupirs étaient différents, habités par le souffle animal qui les avait précédés. A les entendre, on éprouvait la sensation de s'approcher, les yeux fermés, d'un fer chauffé au rouge. La brûlure n'existe pas encore, mais déjà sa menace hérisse la peau. La jupe de Julia orchestrait ce ballet d'amour. S'agitant de remous inattendus, elle commandait aux halètements, selon qu'elle s'envolait de côté ou découvrait le haut des cuisses. D'un geste brusque, Alexandre la releva. Une flèche de lumière traversa l'air lorsque son bracelet-montre accrocha un rayon de soleil. La voix de Julia s'effila en un cri strident, si rapide, si perçant que je ne pus m'empêcher de la quitter des yeux et de chercher l'oiseau qui devait s'être égaré là.

« Montre-toi », dit Alexandre. Obéissante, la jupe s'étira. Julia venait de s'asseoir dans un fauteuil. Les jambes chevauchant l'accoudoir d'une chaise, ma tante écartait peu à peu ses genoux. Mon cœur battait, j'avais peur.

« Montre-toi », répétait la voix. Avec lenteur, la jupe se déployait. Bientôt, elle atteignit une ampleur insoupçonnée. Aplatie, lissée, son étoffe ne portait plus aucune trace de plis. Le silence était à peine entamé par la gravité de cette voix d'homme que je reconnaissais mal. Sa litanie sourde suffisait à commander la jupe. Parfois elle s'immobilisait – elle semblait résister. La voix murmurait et, à l'instant où elle allait se dérober totalement, les genoux lui obéissaient, s'écartaient à nouveau.

Surgissant de l'ombre, tel le nageur affolé qui remonte des profondeurs de la mer, la main, fine et nerveuse, de ma tante saisit le tissu avec une impérieuse nécessité, comme si elle s'agrippait à un rocher ou aux herbes de la rive de peur d'être emportée dans des tourbillons. Elle souleva la jupe d'un seul trait, au risque de la déchirer, tant il lui fallait se hâter.

Julia regardait fixement Alexandre. Maintenant, elle avait caché sa main sous sa jupe, la serrant encore plus fort entre ses cuisses. Je ne bougeais pas, j'osais à peine respirer. Non par crainte qu'on me découvrît, mais pour ne rien troubler du royaume qui m'était révélé. Au centre de ce théâtre, Alexandre se tenait dans l'ombre. A l'ombre aussi appartenait la main de ma tante, enfouie sous les replis du vêtement. Le contraste était absolu, stupéfiant, entre ce monde secret et l'éclat du soleil qui se posait sur les jambes de Julia dénudées avec impudence. Son corps manifestait une tension inhabituelle, et pourtant elle restait immobile. Seul un cri aurait pu rompre cette magie. Mais la scène se brouilla : une porte avait claqué. Quelqu'un était entré dans la maison. Julia se releva pour tourner son fauteuil vers la table de jardin. La jupe recouvrait maintenant ses genoux, descendait des deux côtés du siège, jusqu'au sol. Elle était le rideau qui, à la fin d'une représentation, vient effacer les acteurs.

Alexandre n'avait donc pas lu la lettre. Sinon comment aurait-il pu se comporter ainsi avec Julia ? L'avait-il perdue ? Ou bien avait-elle été subtilisée par une autre personne ? Ma mère aurait certainement fait preuve de discrétion. Mais pas mes autres tantes. Je tentai de me rassurer en imaginant que si l'une d'entre elles l'avait eue en sa possession, le scandale aurait éclaté depuis longtemps. Discrètement, je rejoignis la maison. Mes oncles avaient disparu de la cuisine. Ma mère et tante Odette préparaient une pièce d'agneau. « Tu t'ennuies, Émilie ? Tu es toujours seule. Va derrière la maison prendre quelques brins de romarin. Et en revenant, ramasse un peu de basilic dans le jardin. » Ma mère m'avait parlé d'une voix presque douce. « Ce soir, nous allons faire une grande fête. Alexandre nous a annoncé son départ, il doit prendre un train demain après-midi.

– Demain après-midi ?

– Cela te surprend, Émilie ? Tu vas perdre un

ami. Son travail l'appelle d'urgence, paraît-il. Des photos à faire à l'étranger. Ce n'est pas grave, de toute façon il te restera Julia... »

Je ne comprenais plus. La scène à laquelle j'avais assisté tout à l'heure ne ressemblait pourtant pas à un adieu. Le regard de Julia ne mentait pas. Ni la voix d'Alexandre, souffle rauque qui trahissait son trouble. Mais peu m'importait. Je savais désormais que j'allais retrouver Julia. Elle recommencerait à chanter, j'en étais sûre. Sitôt franchie la haie du jardin, je me mis à fredonner. De retour à la cuisine, je proposai à ma mère, surprise, d'aider aux préparatifs du dîner. Il fallait dresser la table dehors sur la terrasse, déplier la nappe, placer les couverts. Tante Simone était allée cueillir des fleurs qu'elle disposa, par petits bouquets, devant chacune des assiettes. Tout fut achevé lorsque les derniers rayons du soleil se couchèrent derrière la colline rouge.

Au crépuscule, quand la chaleur s'apaisait, on éprouvait ce soulagement que trahit le soupir au terme d'une phrase exprimant la souffrance. C'était un état de grâce, nul n'osait croire à la durée de ce répit. Une brise venue de la mer s'élevait et faisait frémir les herbes. Chacun avait envie de parler. Puis une onde de chaleur revenait, telle une vipère qui se retourne d'un trait et fait front. Le soleil avait disparu mais, plus lourde qu'à midi, poisseuse, elle surgissait de la terre, du ciment de la terrasse, des pierres du muret qui la bordait. L'asphalte des routes aussi dégorgeait la chaleur emmagasinée pendant le jour. J'imaginais, en la sentant monter, qu'elle allait estomper les silhouettes, effacer les paroles et les gestes. Cette respiration du sol me bouleversait, j'aurais voulu que tous suspendent leur attention pour s'en imprégner. Le cœur de la terre manifestait sa présence, dénonçant cette trompeuse fraîcheur nocturne : une torpeur s'emparait de l'espace, enflammant le parfum sucré des fleurs. Dans la nuit, l'arôme dégagé, magique, s'exaltait d'avoir été contenu, s'unissant aux mystères des ombres et des lumières qui passaient sur les visages.

Pendant le dîner, les cernes marqués de l'oncle Henri accusaient une cruauté que je n'aurais jamais soupçonnée, et sur les lèvres si sèches de ma tante Simone une insolite gourmandise évoquait des amours mortes, des voluptés reléguées. Des secrets palpitaient. Julia cherchait en vain à surprendre le regard d'Alexandre, mais celui-ci se dérobait, vaincu ou inquiet. Bizarrement, l'obscurité rendait visible la part cachée de chacun.

L'odeur sauvage et capiteuse de la terre poussait à des révélations involontaires. Les tics quotidiens, les gestes machinaux, les sourires appris n'étaient plus de mise. En voyant ainsi s'ouvrir ses fissures, j'attendais ces vertiges qui, au cours d'une fièvre, dénoncent un désir enfoui, le prénom que l'on craint de murmurer en dormant... A mesure que le soir avançait et qu'approchait cette heure enchantée, j'éprouvais cette émotion que l'on ressent dans les coulisses d'un théâtre.

Un cri avait déchiré la nuit. Encore engourdie de sommeil, je me levai. La campagne était illuminée par une pluie d'étoiles. Devant la maison, les massifs de broussailles étaient agités de frémissements mystérieux. Le cri retentit de nouveau. C'était une longue plainte qui traversait avec effroi la vallée et venait se perdre dans le méandre des rochers. Un frisson me griffa le dos. La colline rouge semblait respirer profondément, géant de terre couché sur le flanc. J'espérais, tout en le redoutant, qu'un autre appel retentirait. Lorsque je me recouchai, j'eus l'impression en fermant les yeux qu'un grand oiseau venait d'entrer dans la chambre et, sans un bruit, s'était perché au pied de mon lit. J'entendis l'air siffler dans son bec au moment où je succombai au sommeil.

« Il t'a réveillée toi aussi ? » Tante Simone s'adressait à Julia en étalant une pointe de miel sur une tartine. « Oui, ça m'a glacé le sang. On aurait dit le cri d'un homme prisonnier du corps d'un oiseau. »

Ma mère venait d'entrer dans la cuisine. Sans un mot, elle prit place au bout de la table et se servit un bol de café. Elle paraissait désemparée.

« Et les étoiles ? reprit Julia. Tu as vu les étoiles, Émilie ? Il y en avait tellement !

– Je sais ce que tu vas ajouter, Julia. » Ma mère venait de reposer son bol et, d'une main distraite, elle se caressait l'épaule. « Tu vas nous dire qu'à Broadway, pour chaque lumière il y a un cœur brisé. Et que pour les étoiles, c'est pareil.

– Tu as raison, rétorqua Julia. J'aime les étoiles. Tu te souviens, maman disait toujours qu'elles veillaient sur le berceau des enfants morts. Elle les appelait les bergers du ciel.

– Elle disait aussi que nous étions un troupeau aveugle...

– Et que le vent seul nous rassemblait.

– Tu comprenais ce qu'elle voulait dire ?

– Oui.

– Que le vent nous poussait, nous rassemblait et...

– Et nous dispersait. »

Ma mère baissa la tête. Pour la première fois, elle exprimait sa complicité avec Julia. Leurs rancœurs s'étaient évanouies, comme si le cri de la nuit les avait chassées à tout jamais. Simone s'était levée, je la vis farfouiller dans le placard. Elle fit un geste maladroit, un pot de miel s'écrasa sur le carrelage. L'explosion sourde de sa chute détourna à peine l'attention de ma mère et de Julia qui paraissaient enfermées dans un songe lointain. Je décidai de les abandonner pour regagner ma chambre. Désœuvrée, je m'installai au bureau près de la fenêtre. Sous le soleil, la colline rouge irradiait. Les ronces où je cueillais des mûres à foison avaient-elles maintenant disparu, effacées par l'incendie ? Ma main frôlait le bureau, du bout des doigts j'esquissais la forme arrondie de la colline. Un bourdonnement interrompit ma rêverie. Je me levai machinalement, poussée par la curiosité.

C'était la voiture du facteur, je reconnus son toit jaune. Elle progressait lentement entre la masse des rochers. Lorsqu'elle sortit du dernier virage précédant le long raidillon qui menait à la maison, un bruit de pas résonna sur la terrasse. Julia. Inquiète, elle jeta un regard vers la façade de la maison et m'adressa un petit signe de la main.

Sans plus attendre, elle descendit le chemin en essayant d'éviter les ornières et les cailloux. Le facteur l'avait sans doute aperçue car il venait de s'arrêter à mi-chemin. La robe rouge de Julia, flammèche vive, filait vers la vieille voiture dont le moteur s'était tu. Quand ma tante arriva à sa hauteur, un rayon de soleil fit luire le chrome d'une poignée de porte. Julia tendit la main, le facteur lui remit quelque chose, une enveloppe sans doute. La chaleur brouillait l'air et écrasait tous les bruits. La voiture fit demi-tour et Julia, restée seule au milieu de la route, paraissait indécise. Une flèche noire surgit d'un chemin de traverse : Alexandre, un long bâton à la main, se précipita vers ma tante. A leurs gestes vifs, à la tension de leurs corps, je supposais qu'ils échangaient des phrases sèches, rapides.

Brusquement, Julia se détourna. Elle me faisait face à présent comme si elle voulait revenir vers la maison. Alexandre la retint par les épaules. Leur discussion reprit, plus heurtée encore. Julia tenait à la main un papier blanc qu'il essayait maintenant de lui arracher. Leurs bras dessinaient de grandes arabesques et Julia, déséquilibrée, faillit tomber. Alexandre la saisit par la taille, mais elle réussit à se dégager et je la vis escalader le sentier de la colline. Alexandre reprit le chemin de la maison.

Je suivis Julia des yeux. A nouveau malmenée par le vent, sa jupe me faisait penser à la flamme qui naît d'une traînée d'essence. Elle s'élance, disparaît, reparaît, revient plus haute, plus effilée. Julia, en courant ainsi, allait-elle embraser la colline? Bientôt les arbres noircis happèrent sa silhouette.

Je n'avais plus envie de rester dans ma chambre et descendis rejoindre les autres. L'atmosphère était étrange. Ma mère demeurait songeuse et, dans un geste machinal, elle lissait les plis de sa robe en regardant au loin. Lui arrivait-il de recevoir des lettres semblables à celles qui émouvaient Julia? En observant son attitude rêveuse, je m'interrogeai sur sa solitude. Mon père ne nous avait pas écrit depuis longtemps. Il vivait en Afrique et venait très rarement nous voir, un été sur deux au plus. Parfois, dans l'hiver, au cours d'un voyage d'affaires, il lui arrivait aussi de s'arrêter quelques jours chez nous. Son absence était devenue pour ma mère une habitude. J'ignorais si elle en souffrait.

Au moment où nous passions à table, elle sortit de son mutisme. « Où est Julia ? », demanda-t-elle. Alexandre lui répondit aussitôt : « Ce n'est pas la peine de l'attendre. Elle est partie dans la colline lire son courrier. Cela risque de l'occuper un moment. » Ma mère, étonnée par son ton goguenard, hésita, puis commença à servir.

L'après-midi, je guettai le retour de Julia. Lorsque je sortis à l'heure de la sieste, la chaleur lourde, oppressante, me suffoqua. Je n'avais plus d'ombre et le soleil pesait de tout son poids pour me refouler vers la maison. Le crissement du gravier sous mes pieds me dénonçait comme si j'allais commettre une mauvaise action. La poignée du portail était brûlante. Quittant le jardin, je me dirigeai vers la colline à la recherche de Julia. Sur ses contreforts, la terre avait perdu cette belle couleur rouge que j'aimais tant. Elle était salie de cendres grises, de traînées noirâtres ou rousses. Avant l'incendie, les effluves de lavande nous apaisaient et nous allégeaient de notre fatigue. Mais aujourd'hui, une odeur acide me piquait la gorge et je trébuchais sur des branches calcinées. Rien ne m'indiquait que Julia avait marché là sinon le souvenir que j'avais de la petite flamme qui s'élançait sur la colline. Le paysage était méconnaissable, les buissons sous lesquels nous aimions nous reposer avaient grillé. Plus haut, je devinai l'oasis de verdure qui avait échappé à la rage de l'incendie. Une lassitude m'envahit. La terre de la colline rouge allait monter dans mon ventre et m'étouffer. Je décidai de m'adosser à un rocher et d'attendre Julia qui ne pourrait manquer de redescendre. Par miracle, quelques touffes d'herbe avaient échappé au feu et je fus rassurée de voir voleter un bourdon. N'indiquait-il pas que le cycle du malheur avait pris fin ? Tout allait redevenir paisible. Je l'observais butiner une fleur, puis l'autre, sûre qu'ainsi je ne céderais pas à la torpeur qui m'engourdissait : je voulais surprendre le moment où Julia se pencherait sur moi, riant de me trouver là.

Lorsque je me réveillai, Julia n'était toujours pas revenue. Je repris le chemin de la maison en courant. « Où étais-tu encore passée ? soupira ma mère.

– Sur la colline. J'essayais de trouver Julia.

– Tu es certaine qu'elle est là-haut ?

– Avant le repas, le facteur lui a donné une lettre et elle est montée par là. » Je pointai mon doigt vers la colline rouge, comme pour l'accuser. Ma mère parcourut du regard les pentes.

« Mais pourquoi n'est-elle pas encore rentrée ? Elle n'est même pas venue déjeuner ! »

A mesure que l'après-midi avançait, sa nervosité augmenta. Mes oncles questionnèrent les voisins. Je n'osais jouer et guettais chacune de leurs paroles. Personne n'avait aperçu Julia. Mathilde, en haussant les épaules, maugréait : « Il faut toujours qu'on s'occupe d'elle. »

Je ne quittais plus des yeux la colline rouge. Le moindre écho, une porte qui claquait, un pas sur la route, le simple frémissement des feuilles prenaient un relief insensé. L'absence de Julia figeait le monde. Un conte de mon enfance me revint à l'esprit : pour punir l'héroïne d'avoir commis une faute, à son approche les oiseaux se taisaient, la fontaine ne faisait plus entendre son chuchotis cristallin. Je me raccrochais désespérément au moindre bruit, persuadée qu'en s'imposant il allait vaincre les sortilèges et faire revenir Julia.

Au crépuscule, tandis que le ciel se chargeait de rouge, la colline devint sombre, menaçante. Bientôt la maison fut envahie d'une agitation inaccoutumée. Ma mère avait prévenu les gendarmes. Plusieurs voitures s'arrêtèrent près de la grille du jardin, des hommes se regroupèrent, ils parlaient à voix basse. Devant la fenêtre, tenant serrée la main de ma mère, je les vis prendre le chemin de la colline rouge. Les éclats intermittents des torches sur les pentes trouaient l'obscurité, aussi mystérieux que les yeux d'un serpent invisible.

Toute la nuit fut une attente. Les femmes s'étaient rassemblées près du fourneau où l'on faisait chauffer des pots de café. Des gendarmes vinrent prendre la relève. Les visages se creusaient. Au petit matin, ma mère vint me rejoindre sur la terrasse où j'avais installé un petit fauteuil. Je me sentais engourdie, l'air était froid. D'une voix lasse, elle murmura : « Va te coucher, Émilie, dès que Julia arrivera, on te préviendra. » Mais je ne voulais pas rester seule, je retournai dans la cuisine. Autour de la table, le raclement des chaises sur le carrelage semblait vouloir tirer un trait définitif sur nos craintes, démentant le cauchemar de la nuit. En se répandant, l'odeur du café renforçait cette assurance. Julia nous rejoindrait en se moquant de notre peur. Elle avait dû se tordre la cheville et attendre les secours à l'ombre d'un rocher, ou plus simplement s'endormir. Apaisée, les bras croisés sur la table, je laissai tomber ma tête et m'assoupis.

L'homme l'avait retrouvée à l'hôtel. Il avait crié, lui avait reproché de l'avoir abandonné, il disait avoir eu peur qu'un inconnu l'aborde, l'entraîne dans un lieu à l'écart, et elle aurait pu disparaître. Puis sa voix s'était adoucie, il s'était agenouillé devant elle, assise sur le lit, et lui avait pris les mains. La femme avait incliné la tête vers lui, sans dire un mot. Les pales du ventilateur brassaient en vain l'air lourd. Un sentiment effleura l'homme : elle lui révélait ce secret non par amour, comme elle le disait, mais parce que cette chaleur, la même que celle de cet été-là, ravivait ses souvenirs, les rendait si douloureux qu'elle ne pouvait plus les contenir. Il dut faire un effort pour l'interroger, il craignait désormais tout ce qu'elle pourrait lui confier.

« Et Julia ? Elle avait fait une fugue...

– Julia n'est pas revenue. On a découvert son corps au pied d'une faille rocheuse. Les gens du coin la connaissaient mais d'épais buissons la masquaient. Par curiosité, Julia avait dû vouloir s'aventurer dans ces bouquets d'arbustes que le feu avait épargnés. Son corps gisait plusieurs mètres en contrebas. Après, je ne me souviens plus de rien. Pas même de mon chagrin. Étrangement, ce qui me préoccupait, c'était la lettre. Personne n'en parlait. Je n'osais demander si quelqu'un l'avait vue. Peut-être était-elle tombée de la poche de Julia au cours de sa chute.

Quelques jours après, ma mère et mes tantes fermèrent la maison. La façade muette, encore éblouie de soleil, n'offrait plus aucune aspérité. Son éclat obstiné fendait le ciel. Dans la voiture qui nous conduisait à la gare, je me retournai pour regarder les volets de ma chambre. Leur verdict paraissait sans appel. Ils s'étaient refermés sur un monde que je voulais oublier.

La maison resta déserte plusieurs étés. Je ne revis plus mes oncles et mes tantes que de temps à autre, lors de réunions de famille. Personne n'osait parler de la colline rouge. Les liens se relâchèrent puisque nous n'avions plus ces vacances pour nous rassembler. Par la suite, ma mère m'apprit qu'en réalité Julia n'était pas la grande cantatrice que j'admirais. Dans le courrier qu'elle attendait avec impatience, elle guettait non pas la lettre d'un amant, mais un contrat pour une tournée qui n'eut jamais lieu. Je compris aussi que les conversations d'alors ne concernaient pas, contrairement à ce que j'avais cru, l'amour de Julia et Alexandre. On parlait en fait du divorce de l'oncle Henri. A mesure que je grandissais, tout se déformait. Julia me devenait étrangère, et sa mort moins cruelle.

« Tu n'es donc plus retournée dans cette maison ? »

La femme hésita, et il se demanda si elle n'avait pas l'intention de lui mentir.

« Si. Beaucoup plus tard. J'étais étudiante et je préparais mes examens. Je me sentais fatiguée et il m'était difficile de travailler. Ma mère trouvait que je sortais trop avec mon petit ami et que je ne révisais pas sérieusement. Elle me proposa de descendre là-bas avec elle. Je crois qu'elle le faisait autant pour moi que pour elle. C'était peut-être une manière d'exorciser le souvenir du drame.

« La veille de notre départ, je fis un rêve dont l'intensité me dérouta. J'avais retrouvé ma taille d'enfant et avançais en sautillant devant la colline rouge. En regardant mes sandales, je m'aperçus qu'elles étaient encore recouvertes de sable : je venais donc de la plage. Lorsque je relevai les yeux vers la maison, ce fut pour découvrir que ses issues étaient fermées. Le soleil flambait, dru, éclatant, et pourtant les cigales se taisaient. Le silence était absolu. Le vent aussi avait disparu. On aurait cru que du plomb chaud s'était déversé sur le paysage, interdisant le moindre mouvement, étouffant tous les bruits.

« Je courus d'une fenêtre à l'autre pour tenter d'ouvrir les volets. Le sable roulait silencieusement sous mes pas. Je secouai la poignée de la porte d'entrée, elle restait aussi immobile que si elle avait été soudée. Désespérée, je m'acharnai sur l'un des volets, essayant en vain de l'arracher. Quand je revins à la poignée, elle me brûla les doigts : le plomb fondu l'avait également enrobée. Mon exclamation de douleur me parut interminable. C'était un cri étrange qui prenait sa source dans un puits obscur. Malgré sa force, je savais que personne ne pouvait l'entendre, il me lacérait la poitrine, me brûlait la gorge. A mon réveil, enivrée de douleur, j'eus l'impression d'entendre la dernière note de ce cri. Pour la première fois, je compris que Julia était vraiment morte. »

Quand nous arrivâmes, ma mère et moi, le jardin était à l'abandon. Les odeurs qui s'élevaient des buissons humides de pluie semblaient moisies, collantes, elles n'évoquaient en rien celles d'autrefois. Le marronnier me parut plus petit. Sa présence était à la fois dérisoire et cruelle : au-delà des destins individuels et des mauvais sorts, il continuait à vivre, indifférent.

J'entrai précipitamment dans la maison. Les meubles avaient changé de place et je ne reconnaissais vraiment que la grande cheminée. Mon cœur battait fort. Désemparée, j'allai vers la pièce du fond – sa porte ne s'ouvrit pas complètement. On s'était débarrassé là des meubles de jardin, de vieilles tables cassées. Au-dessus d'un bric-à-brac de chaises et de parasols, je retrouvai le portrait autrefois accroché dans ma chambre. Ce désordre ne troublait pas l'inconnue qui m'avait toujours fascinée. Elle avait le même air nostalgique, et son col la même sévérité. Mais la toile s'était détendue, des craquelures couraient sur les mains et la robe de la femme. Comment avais-je pu lui accorder un tel pouvoir ? Là où j'avais cru déceler une force magique ou maléfique, je ne discernais plus qu'un maigre aplat de couleurs ternes. Sur le mur opposé, une glace lançait des reflets moirés. Dur et précis dans la partie où le miroir était aussi pur qu'une cascade, mon visage m'échappait, ses contours s'estompaient aux endroits où le tain était attaqué par l'humidité. Effrayée, je refermai la porte.

J'évitais de quitter la maison, sauf pour faire quelques pas dans le jardin. Jamais je ne franchissais le portail et je refusais d'accompagner ma mère lorsqu'elle voulait cueillir des fleurs sur la colline, couverte d'une verdure printanière. Le marronnier où je me réfugiais autrefois me paraissait moins touffu. Parfois, je me surprenais à penser que cet été maudit n'avait existé que dans mon imagination. Un soir pourtant, en rapprochant le canapé de la cheminée, je découvris sur les dalles un vieux journal. Des photos montraient les environs envahis par les flammes, recouverts de tourbillons de fumée, des pompiers casqués brandissant leurs lances. Je n'avais donc pas rêvé. Mes mains tremblaient en feuilletant le papier jauni.

Des images, des sons resurgirent en moi. J'entendis la voix claire de Julia lorsqu'elle dévalait l'escalier, m'invitant à une promenade, je revoyais la cuisine inondée de soleil quand elle ouvrait la porte que les autres femmes s'obstinaient à tenir fermée. Une scène surtout me hantait. Nous étions dans la chambre de Julia, je l'aidais à défaire ses valises, espérant y déceler des indices sur ses dernières aventures. J'avais beau chercher, je ne trouvais rien. Julia prononça un mot que je n'avais jamais entendu dans sa bouche – je l'ai oublié, il était anodin, mais il n'appartenait pas à son vocabulaire. Elle le répéta, peut-être pour me mettre sur la piste, ou parce qu'elle s'amusait à recueillir dans sa mémoire, sur ses lèvres, ce mot dérobé à son amant. Fière de cette incontestable preuve de fidélité, elle le reprenait au détour d'autres phrases, même s'il était incongru.

Je le prononçai à mon tour. « Qu'est-ce qu'il signifie ? », demandai-je, pour montrer que je n'étais pas dupe. Heureuse que son amour fût si manifeste, elle rit et lança le mot fétiche, tout seul, comme une balle qu'on rattrape au bond. Elle chanta chacune de ses syllabes, en fit des vocalises de plus en plus hardies. Je rivalisais avec elle, happais le mot, le lui renvoyais en le déformant. Elle s'en amusait. Je le cabossais encore plus. Elle l'articulait en lui redonnant sa vraie vie. Le jeu se perfectionnait. Il s'agissait de retrouver une prononciation, l'intonation d'une voix, sa manière d'accentuer une voyelle. Ainsi Julia s'enivrait-elle du souvenir de son amant. J'essayai de me rappeler ce mot, mais il m'échappait. Je ne parvins à reconstituer que ce jeu auquel nous nous étions livrées, et cette complicité qui nous liait alors.

Après une semaine passée à la colline rouge, il me fallut retourner à la ville pour passer mes examens. La façade de notre immeuble me parut étrangement grise ; toute la vie était restée là-bas, dans les fleurs qui jonchaient la colline et dans ma mémoire maintenant apaisée. En arrivant, je téléphonai à mon ami qui me proposa d'aller au cinéma. Je m'apprêtais à partir quand on sonna à la porte.

La silhouette qui se profilait légèrement en retrait sur le seuil semblait vouloir épouser la pénombre du palier. Ses yeux m'attirèrent comme deux aimants. Alexandre me dévisageait, aussi bronzé que s'il surgissait de cet été-là.

« Alors, Émilie, tu ne me reconnais pas ? On

dirait que tu viens de voir passer le chariot du diable. Remets-toi ! Dis donc, qu'est-ce que tu as changé ! Je peux entrer ? Ta mère est là ? »

Paralysée, ma main s'agrippait à la porte. Incapable de prononcer le moindre mot, je fis non de la tête. Alexandre se pencha vers moi pour m'embrasser, puis il entra dans la salle à manger.

« Oui, j'aurais dû prévenir. Mais tu sais, avec tout mon travail maintenant, je n'ai pas un moment à moi. Un jour en Afrique, le lendemain en Amérique. Ah ! il ne vit plus ton cousin Alexandre, il survit ! J'aurais pu vous écrire, mais ce n'est pas facile. Le mois dernier, j'y ai pensé, j'étais en Égypte, je voulais vous adresser une carte postale, on m'a déconseillé de le faire : il paraît que là-bas les gens volent les timbres, alors les lettres n'arrivent jamais. Quelle vie, quelle vie ! Votre appartement a changé aussi, non ? Vous n'avez pas percé une fenêtre, ici, près du couloir ? »

Stupéfaite, je vis Alexandre s'affaler sur le canapé. Sa vivacité et son insolence m'interdisaient toute réaction. Il paraissait aussi insaisissable qu'un tourbillon. Partagée entre la crainte et la surprise, je parvins à murmurer :

« Maman n'est pas là. Elle s'est absentée quelques jours.

– Mais que fais-tu toute seule ici ? »

Afin de couper court à d'autres questions, je me lançai dans une explication confuse sur les examens que je préparais. Il souriait en me regardant fixement, à demi ironique. Mes propres mots me paraissaient étrangers, j'avais la sensation d'être un insecte qui se débat au fond d'une boîte avant d'être épinglé. Alexandre se leva pour prendre un cendrier mais, au lieu de se rasseoir, il se planta devant ma petite bibliothèque.

« Oh, Miller, Dos Passos, Faulkner... Tu les étudies ? Je ne les connais pas bien. Tiens ! Dujardin. C'est un joli nom pour un romancier. Tu as vraiment de la chance de pouvoir les lire. Moi, je n'ai plus le temps, je ne pense qu'à la photo. Ah ! *Le Photographe et ses modèles*, c'est pour moi, ça. »

Alexandre sortit le livre du rayonnage, en feuilleta quelques pages avant de le remettre à sa place. Il fronçait les sourcils. « Trop compliqué, laissa-t-il tomber. Mais je t'embête, Émilie, tu dois avoir besoin de travailler. Si tu le veux, nous pourrions aller dîner quelque part ce soir. Il fait beau, je passerais te prendre en fin d'après-midi.

– J'ai rendez-vous avec une amie, nous devons réviser ensemble.

– Alors, demain ou après-demain ?

– Je ne peux pas, mes premières épreuves commencent demain matin, et ensuite, je pars. » Une sorte de panique m'avait gagnée qui me dictait mon refus. Je finis pourtant par prononcer le nom interdit. Il me brûla les lèvres comme le souffle chaud de cet incendie qui se confondait pour moi avec la mort de Julia : « La Colline rouge. Après-demain, je dois retourner là-bas. Maman y est déjà, nous devons y rester une quinzaine de jours. »

Loin d'être surpris ou gêné, Alexandre enchaîna au contraire avec décision :

« Eh bien, je viendrai te chercher pour te conduire à ton train. Nous dînerons ensemble à la gare et tu me parleras de tes projets ! Tu m'as donné l'envie d'aller passer quelques jours à la Colline rouge. »

Lorsque je me retrouvai face à Alexandre, au restaurant, je ressentis la même fascination qu'autrefois quand nous allions nous promener avec Julia. Il avait une étrange façon d'occuper l'espace ; je me rappelais comment, lorsqu'il marchait, chacun de ses gestes semblait dessiner de grands arbres battus par le vent. Et maintenant, avec la même liberté, il me racontait ses voyages, les pays qu'il parcourait. De son ancienne passion pour la photo il avait fait un vrai métier. En l'écoutant parler, je me demandais s'il avait oublié Julia. D'après la description qu'il donnait de son appartement, il vivait seul : « Quand on rentre chez soi, après des semaines de reportage, c'est dur de trouver un réfrigérateur vide et un appartement poussiéreux. Cela m'a découragé avant-hier. Je suis sorti et en me promenant, puisque je passais près de chez vous, j'ai eu envie de monter. » Gentiment, il prenait des nouvelles des autres membres de la famille. « Et ta mère, ajouta-t-il, est-ce qu'elle revoit Thierry ? »

Je demeurai interdite, j'ignorais l'existence de ce Thierry.

« Et ton père ?

– Il y a longtemps qu'il n'est pas venu. »

Alors il ajouta d'un ton énigmatique cette phrase qui me déconcerta : « Je me suis toujours demandé pourquoi ta mère l'avait laissé tomber. »

L'avait-il fait exprès ? Lorsqu'il monta ma valise dans le train, je me sentis, comme dans mon enfance, prisonnière de secrets que je ne savais pas déchiffrer. Durant tout le voyage, je repensais à ce que m'avait dit Alexandre. Lui aussi avait changé. Mais sa gaieté paraissait feinte. Il noyait sa vie dans un déluge de mots et d'images. Était-ce la mort de Julia qui l'avait précipité dans cette fuite ? Rien ne le laissait entendre et pourtant, au moment de nous séparer, il m'avait caressé la main. Je n'y avais pas perçu la moindre intention, plutôt le regret de cet été où, avant l'incendie, Julia l'avait aimé.

Le train ralentit. Une frange de sable presque sec longeait la mer, mais, plus loin, vers les pins, l'eau affleurait subrepticement, presque malicieuse. Le sable devenait alors rose et pourpre, épousant les feux du coucher de soleil. Ce lambeau de ciel perdu sur la terre m'intrigua, je m'étonnai du partage entre les gris du jour déclinant et les rougeurs du crépuscule. Mon regard allait de la réalité à son reflet sur les vitres du wagon. Prise au piège, j'attendis que le soir ait brûlé toutes ses couleurs incendiaires.

Ma mère se tenait sur le quai, un grand châle couvrant ses épaules. Sans même me laisser le temps de respirer, elle m'interrogea sur mes épreuves d'examen. Je la rassurai aussitôt, nous aurions les résultats dans quelques jours. Elle voulait encore savoir si j'avais arrosé les plantes, si le concierge avait bien ramassé le courrier, si je n'avais pas oublié de fermer le gaz et les fenêtres. Ses questions m'étourdissaient.

« Oui maman, oui maman, oui, tout va bien. Au fait, j'ai reçu une drôle de visite...

– Qui ça ? Un fantôme ? » Heureuse de me retrouver, elle s'était figée tel un pantin, mimant la surprise et l'effroi.

« Presque.

– Comment ça, presque ?

– C'était Alexandre. »

Un éclair ne l'aurait pas autrement foudroyée. Elle me serra le bras, incrédule.

« Alexandre qui ?

– Alexandre, c'est tout. Il m'a annoncé qu'il viendrait peut-être passer quelques jours avec nous.

– Ici ? A la Colline rouge ?…

– Oui, pourquoi ?

– Tu aurais dû lui dire de ne pas venir.

– Je ne pouvais pas l'en empêcher, il voulait...

– Tu aurais dû lui dire de ne pas venir. »

Sur le chemin de la maison, ma mère demeura silencieuse. Elle conduisait la voiture avec application, comme si la route devait lui réserver à chaque instant des dangers imprévus. Je devinais que l'évocation d'Alexandre avait réveillé en elle le souvenir de la mort de Julia. Tenait-elle mon cousin pour responsable de sa disparition ? Nous n'en avions jamais parlé, c'était une question qui demeurait enfouie sous les cendres de cet été-là. J'observai son visage. Elle paraissait avoir vieilli, son regard était devenu presque transparent et ses lèvres tremblaient parfois.

A notre arrivée, je fus surprise de retrouver Catherine. Elle s'avança vers la voiture et, à travers la vitre ouverte, elle me lança : « Alors, mademoiselle Émilie, vous avez bien travaillé ? Moi, je vous ai préparé un bon repas, avec du melon, du jambon et du fromage blanc aux herbes, comme vous l'aimez. »

Pendant le dîner, ma mère évita de m'adresser la parole. Je sentais pourtant qu'elle brûlait d'en savoir davantage. Après avoir débarrassé la table, je sortis sur la terrasse. La nuit était étoilée et, derrière la colline rouge, les lueurs d'une ville éclairaient l'horizon. « Tu te souviens ? Quand tu étais petite, ce n'était qu'un village. On allait y chercher des olives. Depuis, ils ont installé des usines, et les gens du pays disent qu'ils laissent les lumières des rues allumées jusqu'au petit matin. Le monde change. Comme toi, Émilie. » La voix de ma mère m'avait fait sursauter. Je ne l'avais pas entendue s'approcher jusqu'au moment où elle était venue s'asseoir près de moi sur le petit banc de pierre de la terrasse. Que pouvais-je lui répondre ? J'avais grandi, je m'en étais aperçue à la manière dont les adultes s'adressaient à moi. Catherine m'appelait « mademoiselle », Alexandre ne me taquinait plus, mes oncles et mes tantes n'hésitaient pas à me demander mon avis. J'avais cessé d'être une enfant. Et pourtant, en retrouvant la colline rouge, j'éprouvais la nostalgie de ces journées brûlantes où la solitude me semblait un refuge imprenable. L'arête vive des pierres, l'écorce rugueuse des arbres, le crépitement des brindilles, le ciel d'un bleu si profond que j'aimais à m'y perdre, aspirée par le gouffre de sa lumière : toutes ces images me protégeaient, elles m'appartenaient, fruits d'un secret que je ne saurais sans doute jamais partager. En révisant mes examens, je me souvenais avoir lu cette phrase dans un roman : « Notre mémoire est comme l'univers, insondable et incertaine. Alors chaque soir, ce sont nos souvenirs que nous regardons, étoiles scintillantes, éclats lointains d'un jour, d'un instant, d'un étonnement. »

Ma mère resserra son châle autour de ses épaules. La tête levée, elle paraissait fixer un coin du ciel.

« Alexandre ne t'a parlé de rien d'autre ?

– J'ai oublié la moitié de ce qu'il m'a dit, il parle si vite. Son métier a l'air de le passionner. » Ma bouche s'était durcie, j'hésitais à interroger ma mère.

« Pourquoi vous êtes-vous séparés, Papa et toi ? »

Ma mère, un instant surprise, rétorqua :

« Tu le sais bien. Je te l'ai mille fois répété. Nous ne l'avons pas vraiment décidé. Cela s'est produit peu à peu, à cause de son travail. C'est Alexandre qui t'a parlé de nous ? De quoi se mêle-t-il ? J'ai aimé ton père. Et il m'a aimée, je le sais. Le reste, c'est la vie qui nous l'a imposé. »

Ma mère se faufilait entre les êtres et les choses, elle frôlait les événements. Son mari n'était pas mort, il ne l'avait pas quittée pour une autre. Ni drame ni cortège de pleurs. Mon père avait été envoyé pour deux mois en Afrique. Son séjour fut prolongé d'un mois, puis de deux. Ma mère devait le rejoindre pour les vacances scolaires, mais j'étais tombée malade et nous ne pûmes partir. Lui-même ne put se libérer. Sa situation devint bientôt si intéressante qu'il nous proposa de venir vivre auprès de lui. Mais d'autres raisons nous empêchèrent de le rejoindre, mes études, le décès de ma grand-mère. Des années passèrent ainsi et chacun s'habitua à cette séparation. Ma mère n'eut à aucun moment le sentiment de délaisser son mari. Ses actes décidèrent pour elle, sans qu'elle en prît conscience.

Mon père, lors des rares occasions où il venait nous retrouver, compensait ses longues absences par le volume qu'il occupait : grondeur, il me donnait des ordres, multipliait les recommandations. Son ombre s'étendait, menaçante. A l'exception d'Alexandre, pour moi les hommes étaient toujours des êtres redoutables et coléreux. Mon grand-père aussi piquait des rages soudaines, contre les bourgeois. A l'heure de la sieste, il claquait brusquement ses volets, sans se soucier de réveiller les autres. Tel le sceau symbolisant l'authenticité d'un document, une scène avait marqué mon enfance : ma mère pleurait, et, sans savoir pourquoi, entraînée par son exemple, je m'étais mise à pleurer également. C'était un jour où mon grand-père l'avait traitée de « putain », un mot dont il l'accablait souvent. D'habitude, ma mère gardait une attitude soumise et résignée, sans répliquer. Bien plus tard, un soupçon me traversa. Ne disait-il pas juste, ma mère n'avait-elle pas commis des fautes qui méritaient un tel blâme ? Je comprenais alors pourquoi elle laissait filer sa propre vie, comme si celle-ci lui était étrangère.

Le lendemain de notre conversation, ma mère fit tout pour m'éviter. Elle s'adressait à Catherine d'un ton sec et ne lui accordait aucun répit. Ma présence ne pouvant qu'attiser cette colère, je décidai d'aller faire une promenade. Puisqu'il me fallait éviter la colline rouge, je suivis le chemin qui descendait au village. Les voitures ne l'empruntaient plus, on avait construit une route légèrement en contrebas. L'air était empli de senteurs que je ne savais plus reconnaître. Les arbres, les rochers, les fleurs m'étaient devenus étrangers, simples objets posés dans un décor éphémère. Sur une pierre chaude, un lézard, les pattes de devant tendues, la gorge palpitante, attendait ses proies, insectes aveugles ou gorgés de sucre. Sa présence me parut grotesque, elle me rappelait mon petit ami. L'été précédent, au bord de la mer, je l'avais surpris derrière un rocher, les cheveux ruisselants. Allongé sur le ventre, il s'appuyait sur les bras, montait son torse à l'horizontale puis, relâchant son effort, se couchait à nouveau. Il répétait l'exercice avec une application déconcertante. Son obstination me parut ridicule : on aurait dit qu'il s'acharnait à repousser le rocher dans la terre. Je ne lui avouai pas que je l'avais ainsi observé. Mais je savais désormais que je ne l'aimais pas.

Au retour de ma promenade, un cabriolet gris métallisé était garé devant le portail. Je me précipitai à l'intérieur de la maison. Personne dans le salon. Ni dans la salle à manger. J'entendis des voix dans la cuisine. Quand j'ouvris la porte, la conversation s'interrompit aussitôt. Ma mère et Alexandre se faisaient face, l'air tendu. Alexandre m'adressa un sourire timide : « Émilie, je suis content de te revoir, j'espère... » Ses mots se perdirent dans un souffle. Ma mère ne lui laissa pas le temps de se reprendre : « Alexandre est venu nous rendre visite. Il couchera là ce soir. C'est dommage, il doit partir dès demain matin. »

Je n'en voulais pas à ma mère de parler avec une telle violence. Pour elle, Alexandre ne pouvait être que l'assassin de Julia. « Julia, ma sœur unique », aimait-elle à répéter, feignant ainsi d'ignorer leurs aînées, Armandine et Simone. Alexandre, gêné, m'entraîna hors de la pièce sous prétexte de revoir le jardin. Mais je ne savais plus quoi lui dire, la colère de ma mère m'avait déconcertée.

Le soir, Alexandre essaya de détendre l'atmosphère. Il raconta ses courses à travers le monde. Puis l'histoire de sa plus belle photo. C'était sur un pont inondé de soleil, à Dublin, « un pont incroyable, plus large que long, dit-il. Je m'étais arrêté près d'un marchand de cartes postales, une fille m'a frôlé l'épaule, et en riant elle m'a lancé : je m'appelle Nora, et toi tu t'appelles James ? Je n'ai pas très bien compris ce qu'elle voulait dire, j'ai répondu oui. Elle a éclaté de rire et m'a demandé de la prendre en photo. La lumière était extraordinaire, au moment d'appuyer sur le déclic, un tourbillon de vent a soulevé ses cheveux, elle a voulu les retenir. Je vous montrerai un jour la photo : on a l'impression que sa main vole dans l'air... ».

Après le départ d'Alexandre, je m'amusai à faire tourner le globe terrestre dans ma chambre pour repérer les villes dont il avait parlé la veille. En faisant courir sous mes doigts les continents, j'eus aussi l'impression de retrouver Julia. L'index pointé sur un pays, elle aimait m'indiquer un point minuscule. Parfois, m'expliquait-elle, elle avait dû traverser des océans pour chanter dans une capitale dont le nom ne m'évoquait que le rouge ou le vert dont on l'avait coloriée sur mes livres d'école. Par leurs pérégrinations, Alexandre et Julia se retrouvaient ainsi, à travers le temps, voyageurs d'une vie qu'ils n'avaient partagée qu'un été.

Les jours suivants me parurent interminables, je ne pensais plus qu'au résultat de mon examen. Ma mère essayait de me distraire en me proposant d'explorer les environs avec elle, mais je refusais, préférant lire dans ma chambre. Un après-midi, je décidai pourtant de l'accompagner. Elle avait l'intention d'aller visiter un cloître réputé pour la noblesse austère de son architecture. Je fus déçue. Les colonnes de pierre s'effritaient, les vitraux laissaient apparaître des salles poussiéreuses où s'entassaient des meubles brisés. Nous étions sur le point de sortir lorsqu'une femme vêtue d'un sarrau bleu nous demanda : « Vous n'avez pas vu la locomotive ? » Devant notre étonnement, elle ajouta : « C'est le plus vieux moine de la communauté. On l'appelle ainsi parce qu'il fait le tour du cloître en traînant les pieds et en soufflant, tchou, tchou, comme ça. »

L'histoire nous amusa et, insouciantes, nous prîmes le chemin du retour. Nous entamions le raidillon de la colline rouge que ma mère s'obstinait à prendre, malgré la route neuve, lorsqu'elle dut freiner brusquement pour éviter Catherine. Celle-ci était plantée au milieu du chemin, un mouchoir posé sur la tête : « Mademoiselle Émilie, mademoiselle Émilie, votre amie a appelé, vous êtes reçue à votre examen ! » Ma mère m'embrassa et la vieille Catherine, d'autorité, ouvrit la portière arrière pour s'installer sur la banquette en grommelant : « Ah la belle vie, c'est bien la première fois que je monte là-dedans ! »

Ce succès me comblait de bonheur. Mais il m'effrayait aussi. Je ne pouvais décevoir ma mère, je devais poursuivre mes études. Un ami de la tante Armandine m'avait trouvé un travail d'employée dans une compagnie d'assurances pour les mois d'été. Cet argent nous serait utile, je savais que ma mère y comptait. Quelques jours après avoir appris la bonne nouvelle, je quittai la Colline rouge pour retrouver notre appartement. Ma mère et Catherine m'accompagnèrent à la gare, m'abreuvant de conseils et de recommandations.

La ville me parut déserte, j'en fus réconfortée. J'éprouvais le besoin d'être seule. Plus que jamais j'avais oublié Alexandre. Mon travail à la compagnie d'assurances devint rapidement fastidieux : je classais des enveloppes, triais des papiers, collais des timbres. Un soir, à mon retour, je ramassai un mot glissé sous la porte de notre entrée : « Je suis passé. On m'a dit que tu étais là. Je t'invite à déjeuner demain midi. » Suivaient l'adresse d'un restaurant et un numéro de téléphone. La lettre n'était pas signée. Je composai le numéro indiqué. Pas de réponse. Intriguée, je descendis à la loge de la concierge. Elle me raconta qu'un jeune homme, grand, bronzé, les cheveux bouclés, était passé le matin même. Ce devait être Alexandre.

Mon cousin n'évoquait plus rien pour moi. Ma mère me l'avait confié peu avant mon départ : si nous voulions rester fidèles à Julia, il fallait le chasser. Comme elle, je voulais effacer cet été. Je décidai de ne pas aller à ce rendez-vous. Alexandre ne m'adressa aucun signe de vie pendant plusieurs jours. Un matin, il me rattrapa dans la rue. Il avait dû guetter mon départ. Je ne le reconnus pas tout de suite. La vivacité de son geste, ses cheveux ébouriffés lui donnaient une allure fébrile.

« Bonjour, Émilie. Tu n'as pas eu mon mot ?

– Je suis en retard, balbutiai-je.

– Laisse-moi t'accompagner, ma voiture est juste au coin. Tu as trouvé mon mot, non ? »

Je répondis que mon travail me fatiguait et que je m'étais endormie très tôt.

« Alors, tu m'as posé un lapin ! Ce n'est pas gentil ! Tu te souviens de ceux que nous mangions autrefois, comme ils étaient bons, parfumés de thym et de romarin ? Je me rappelle qu'on t'envoyait cueillir des herbes dans le jardin. »

A nouveau, il rendait tout facile. Je me demandai comment j'avais pu refuser son invitation.

« Pourquoi veux-tu me revoir ? lui demandai-je.

– Pour le fun, comme disent les Canadiens. Non, je plaisante. En fait, je voulais te montrer des photos de la colline rouge. On te voit aussi sur la terrasse. Tu es pieds nus. J'avais oublié ces photos, c'est à mon retour du Nigeria, en rangeant mes affaires, que je les ai retrouvées.

Puisque tu ne veux pas déjeuner, rejoins-moi mardi au musée d'Art moderne, j'ai une séance un peu enquiquinante pour des trucs de mode. Tu viendras ? »

Cette fois, je ne pouvais me dérober. Le jour convenu, je me rendis au musée après mon travail. Ce n'était pas tant les œuvres d'art qu'il photographiait mais les mannequins qui posaient devant celles-ci. Je le regardai faire. Son visage était à demi caché par l'appareil vers lequel il s'inclinait. Je reconnaissais son corps, chacun de ses mouvements tandis qu'il se livrait, pour varier les angles de vue, à une sorte de danse maîtrisée, tendue, qui me remémorait la scène où je l'avais vu embrasser Julia et soulever sa jupe.

Lorsqu'il m'aperçut, Alexandre vint vers moi : « Excuse-moi, Émilie, je ne pourrai pas te voir ce soir comme prévu. On vient de me demander de partir en reportage pour deux semaines ; dès que j'ai fini, je file directement à l'aéroport. »

Pendant son absence, des images d'Alexandre, rapides, inondées de soleil, ne cessèrent de me traverser l'esprit. Je revoyais ses mains, posées sur le boîtier de l'appareil photo, je l'imaginais la tête rejetée en arrière, il riait mais je n'entendais pas son rire.

Enfin, je reçus un mot de lui, dans une petite enveloppe bleue. Au-dessus de son adresse, il avait écrit : « Émilie, j'ai vu de grands oiseaux voler sur la mer, le bec tendu, les ailes déployées comme des étendards. Émilie, je t'attends ce soir chez moi. »

« Tu as accepté d'aller le voir alors qu'il avait tué ta tante ?

– Il ne l'a pas tuée ! Et puis c'était mon cousin. Tous les souvenirs de cet été-là me paraissaient flous. Je me demandais même quelquefois si je n'inventais pas des scènes ou des détails auxquels je finissais par croire. L'idée que des photos existaient là, comme des témoins, m'intriguait. Et puis Alexandre ne m'était pas indifférent. Ses récits de voyages, son métier m'ouvraient les portes d'un autre monde. Je m'ennuyais, tu sais. Ma mère était restée à la Colline rouge, mon petit ami avait rejoint sa famille en vacances, mon travail ne me passionnait vraiment pas et…

– Tu es donc allée chez Alexandre. Et tu as couché avec lui.

– Pourquoi dis-tu ça ? Tu ne comprends rien. Tu n'essaies même pas de savoir pourquoi je te raconte cette histoire. Personne pourtant ne l'a jamais entendue. »

Sans doute avait-elle tort de lui parler, mais elle continua. La pièce semblait se rétrécir, elle avait l'impression qu'elle allait se renfermer sur eux, les étouffer. Aucun objet ne témoignerait de leur séjour. Dans les hôtels, elle songeait souvent aux inconnus qui l'avaient précédée dans la chambre où elle dormait. Des chiffres ou des noms griffonnés sur la page d'un annuaire témoignaient de leur passage. Une seule fois, elle avait été intriguée. Sur un bureau, elle avait remarqué un sous-main couvert d'inscriptions. Quelqu'un avait dû écrire là, et la pointe du stylo, à travers le papier, avait laissé son empreinte. Des centaines de mots se chevauchaient qui racontaient le naufrage d'un navire. Elle avait deviné un marin ou un romancier, le visage penché, écrivant un récit que personne ne lirait peut-être. En frottant avec un crayon une mince feuille de papier posée sur ces lignes, elle avait vainement essayé de mieux les déchiffrer.

« Pourquoi ne m'as-tu jamais parlé de cette histoire ? Elle est trop...

– Trop quoi ? »

L'homme avait eu un sourire emprunté. Le regard de la femme venait de le condamner ; alors, comme s'il craignait d'être surpris, il fit imperceptiblement bouger ses doigts, goûtant ainsi une sorte de revanche silencieuse. Il aurait voulu crier, mordre, taper du poing sur la table : cette histoire lui faisait découvrir un autre personnage, une inconnue. « Je t'aime comme ma vie, lui disait-elle. Tu es ma vie. Tu es en moi, tu es ma vie. » Mais il ne la croyait plus.

Quand je montai l'escalier étroit de l'immeuble d'Alexandre, le bruit de la mer retentit à mes oreilles. J'avais peur des dangers qu'elle annonçait, ses vagues allaient déferler sur moi et les folles tempêtes de son écume. La porte de l'appartement ouvrait directement sur une volée de marches en sorte qu'Alexandre se tenait deux ou trois degrés plus haut que moi et me dominait. Il dut se pencher pour m'embrasser. Je le suivis.

Cette étrange façon de m'accueillir, en me tournant aussitôt le dos, l'escalier étroit, la grille qui barrait la fenêtre sur cour, tout contribuait à augmenter mon angoisse. Sans doute Alexandre s'abstenait-il de parler afin d'accroître ce malaise. Il emprunta un couloir où des livres s'entassaient du sol au plafond.

Dans la pièce où il s'arrêta enfin, des sièges sévères étaient disposés le long des murs : des stalles d'église, m'expliqua-t-il plus tard. La moquette vert sombre et les murs bleutés évoquaient les profondeurs insaisissables de la mer. Les rideaux à demi tirés tamisaient la lumière. La table, d'un brun si foncé, devenait la coque d'un vaisseau abandonné par un équipage mystérieux.

Alexandre ne paraissait pas à son aise. Il ne parlait plus aussi rapidement, ses gestes étaient mesurés, presque ralentis. « Viens. » La main tendue, il m'invita à le suivre jusqu'à son bureau. De grandes boîtes vertes s'y entassaient. « Voilà le trésor, murmura-t-il. Prends celle du dessus d'abord. »

C'étaient des photos de la colline rouge. Les pentes verdoyantes, les buissons épais prouvaient que l'incendie n'avait pas encore eu lieu. Je reconnaissais des chemins où nous nous étions promenés, un rocher, des ravines, des bosquets. Parfois l'angle choisi par Alexandre était si particulier qu'il me fallait faire un effort pour identifier le paysage. Il avait également pris en gros plan des écorces, des branches, des empreintes de pas. Quelques mûres s'offraient ainsi, énormes. S'il m'était impossible de savoir où elles avaient été photographiées, elles me redonnèrent, intacte, la sensation de fraîcheur que j'éprouvais autrefois en tendant la main vers elles. Ailleurs, Alexandre avait simplement surpris un éclat de soleil qui filait, semblable à un reptile ou à une gerbe de feu. Des panoramiques de la colline rouge s'alignaient : Alexandre devait se tenir alors à la fenêtre de l'une des chambres. Certains clichés étaient flous, et je songeais aux nuages que nous espérions toujours, à cette luminosité si forte qu'il était impossible de rien regarder en face. Alexandre avait-il voulu saisir ces moments plutôt que les contours de la colline ?

Tandis que mes doigts glissaient sur le papier glacé, je revivais les étonnements et les plaisirs de mon enfance. La colline retrouvait à mes yeux une seconde vie, une vie d'autant plus exubérante qu'Alexandre avait choisi d'en fixer des détails infimes : les troncs d'arbres, les brindilles et les galets appartenaient à un règne que j'avais côtoyé sans le voir.

« Elles te plaisent ? » Alexandre avait repoussé sur un coin du bureau une série représentant des cyprès.

Je levai la tête : « C'est bizarre...

– Bizarre ?

– Je n'avais jamais imaginé ainsi la colline

rouge. Pour moi, ce n'était qu'un grand monticule de terre...

– Et pour moi, un décor.

– Mais où cachais-tu ton appareil photo ?

– Je ne le cachais pas. Il était dans ma chambre. N'est-ce pas ? »

Une boule de feu me déchira le ventre. Alexandre savait que j'étais entrée dans sa chambre. Je dus faire un effort pour dissimuler mon trouble. Mes mains tremblaient lorsque j'ouvris la deuxième boîte. Mal fermée, elle livra son contenu comme un torrent de lave paresseux. Je discernai des visages, des silhouettes, des groupes, une femme baissée : la maison de la colline rouge encore, avec mes oncles et tantes. Malgré mon désarroi, je me forçai à sourire : « Elles sont drôles ces photos, elles sont presque toutes prises de loin. Tu avais peur ? Pourquoi les personnages tournent-ils le dos ? On les reconnaît à peine...

– Je ne voulais pas être surpris. Par timidité ou par pudeur. Je ne me sentais pas à l'aise, j'avais l'impression de déshabiller les gens quand je les voyais dans mon viseur. Alors je partais me cacher derrière un arbre sur la colline rouge, quelquefois je me postais derrière les rideaux du couloir, près de la porte de ma chambre. Tu sais, c'est en te voyant, toi, un jour, seule sur la terrasse que l'idée de faire des portraits m'est venue. » Il fouilla dans la boîte : « Regarde, cette photo-là. La lumière était très vive. Tu paraissais encore plus fragile sur cette pierre durcie par l'heure du midi. Tu n'avais même plus ton ombre pour te tenir compagnie ! »

Je ne me reconnus pas tout de suite. Seule la robe m'était familière, bleue à rayures blanches, avec, sur chaque épaule, un ruban. Penchée en avant, le dos voûté, j'avais l'air fascinée par un objet que je poussais du pied. « Mais on ne voit que mes cheveux ! m'exclamai-je, déçue.

– Tu restais souvent ainsi, les mains croisées derrière le dos. Une façon de t'isoler dans tes rêves, de dire à tout le monde de te laisser tranquille, non ? Tu étais drôle, tu ne ressemblais pas aux enfants de ton âge, j'adorais te regarder, sans que tu le saches. Après, j'ai eu envie de continuer, de prendre d'autres personnages de la famille. Mais je ne voulais pas qu'ils posent. Au moment du petit déjeuner, je me faufilais derrière les persiennes de la porte qui donnait sur la terrasse. J'avais l'impression d'être un voleur, dérobant des gestes ou des attitudes insolites. Tes oncles et tes tantes allaient et venaient, on ne remarquait rien.

Regarde celle-là, c'est Armandine, elle ouvre grand la bouche pour avaler une minuscule tartine de pain et pendant ce temps-là, à côté d'elle, son mari n'a pas vu qu'une feuille de son journal trempait dans le café. »

Je fus bouleversée de revoir la vieille Catherine. Sur les photos, elle avait toujours l'air de porter des plateaux ou des ustensiles de cuisine. Sa silhouette lourde évoquait une poupée mécanique, à la taille ronde, et dont les pieds demeuraient invisibles. Un soir, je m'étais penchée sur la main qu'elle avançait pour me servir une louche de gaspacho. Je l'avais embrassée, émue par sa grosse peau rugueuse et les veines qui saillaient. Les conversations s'étaient interrompues, tout le monde paraissait gêné, surtout Catherine. « Qu'est-ce qui te prend ? », avait bougonné tante Armandine. Mathilde avait ricané. Comme si leurs parfums allaient s'élever et masquer le malaise que j'avais créé, je m'efforçai d'énumérer à voix haute les herbes qui composaient le liquide glacé du gaspacho.

A l'évidence, nous étions souvent beaucoup plus nombreux que je ne le croyais. J'attendais de ces photos qu'elles me disent la vérité sur cet été. Or, en les regardant, il m'échappait encore davantage. A table, à côté de nous, il y avait des inconnus que je ne réussissais pas à identifier. Une tache un peu plus sombre derrière un rideau laissait deviner une femme. Qui était-ce ? Tante Simone, Armandine ou ma cousine Mathilde ? La photo était aussi indistincte que mes souvenirs. Je ne pus cependant m'empêcher de sourire en reconnaissant, sur une table, les bocaux, les plats et les bassines que nous avions préparés un jour pour faire cuire des fruits. Nous avions décidé de célébrer ce que nous avions appelé en riant « la fête de la confiture » et j'avais passé des heures à soupeser les abricots et les figues, caressant leurs peaux chaudes, ventres gonflés d'une chair pulpeuse. Le soir, des dizaines de pots, coiffés d'une couche de paraffine, s'alignaient sur la table. « C'est curieux », dis-je à Alexandre à l'instant où il revenait dans la pièce, portant sur un plateau une brioche et du café, « nous n'avons jamais revu ces confitures. La tante Armandine les avait peut-être gardées dans son placard, elle était si gourmande... ». J'arrivais au fond de la boîte. Les dernières photos montraient mes oncles en train de prendre l'anisette. Rien ne semblait les atteindre. Ils riaient. On voyait très peu ma mère et, quand elle était présente, elle paraissait toujours prête à s'enfuir. L'unique personne dont elle se rapprochait, s'inclinant vers elle, ou l'observant, c'était Julia.

L'afflux de ces images me donnait le vertige. J'avais oublié la pièce où je me trouvais, la pénombre m'enveloppait. Les personnages en noir et blanc me captivaient. Parfois, j'essayais de les animer : je fixais un objet, ou bien le détail d'un vêtement, puis je m'amusais à lancer mon regard sur un visage. Des odeurs m'assaillaient, le tumulte des voix et des cris m'enivrait. J'entendais des aboiements que je n'avais sans doute jamais perçus, le crissement des roues de chariots sur les pierres du chemin. Plongeant la main dans le désordre des clichés, je recherchai la première photo qu'Alexandre avait prise de moi. Je ne la trouvais pas vraiment jolie mais elle me plaisait : elle donnait de mon enfance l'image que je voulais offrir, solitaire et rêveuse. Opiniâtre aussi. « Un petit animal buté, c'est à ça que tu penses ? », fit Alexandre en me poussant du coude. Je ne lui répondis pas et me levai de ma chaise. Ankylosée, je marchai jusqu'à l'une des fenêtres et posai mes deux poignets sur la vitre : le contact froid du verre me rassura. Je n'avais plus envie de regarder ces photos, elles étaient trop nombreuses, je ne parvenais plus à leur consacrer mon attention.

Alexandre dut percevoir ma lassitude. Doucement, il était venu s'appuyer à la commode près de moi. « Tu es fatiguée, tu veux que je te raccompagne ? Demain, c'est samedi, tu ne dois pas travailler sans doute. Reviens si tu veux. »

Je prétextai une visite à une amie, je désirais être seule. En rentrant à la maison, je trouvai une lettre de ma mère que la concierge avait glissée sous le paillasson. Tout allait bien à la Colline rouge, tante Armandine était descendue pour quelques jours avec son mari. Le temps était magnifique, ils étaient allés cueillir des brassées de thym dans la garrigue et la vieille Catherine leur avait préparé des ortolans. Au bas de la lettre, ma mère avait maladroitement dessiné un lys de mer.

Je passai une nuit agitée, rêvant d'une végétation inconnue où les feuilles, les fleurs prenaient des formes extravagantes. Au détour d'un chemin, une maison de pierre m'attira mais je ne parvenais pas à y pénétrer, elle n'avait ni portes ni fenêtres et paraissait s'enfoncer dans la boue. Une armoire était plaquée sur l'un des murs. Je ne comprenais pas pourquoi on l'avait reléguée dehors. Lorsque je l'ouvris, j'y découvris des vêtements que je ne portais plus depuis longtemps : un chemisier orange surtout. A l'instant où je voulus l'attraper, un souffle d'air l'emporta. Je me réveillai, vaguement inquiète, mon rêve m'échappait. Les rideaux de ma chambre étaient mal tirés : ils laissaient voir dans le ciel de la nuit un croissant de lune dont l'inclinaison, malgré sa luminosité, me parut grotesque. Son équilibre instable laissait croire qu'il était prêt à tomber. Une langue nuageuse l'effleura et, à cet instant, je sus qu'il me tardait de retrouver Alexandre : il ne m'avait pas révélé le contenu de la troisième boîte.

« Non, ne touche pas, c'est moi qui vais te les montrer. » Alexandre avait changé de ton, il était devenu presque autoritaire. Son visage exprimait cependant une douceur infinie. Nous nous étions à nouveau installés devant le bureau mais, aujourd'hui, la chaise d'Alexandre était légèrement plus éloignée de la mienne. Il défit le ruban qui entourait la boîte et en sortit un paquet d'agrandissements. « Tu ne les touches pas », répéta-t-il. D'un geste théâtral, il posa le premier cliché sur le sous-main. C'était Julia. Les cheveux ébouriffés, la tête rejetée en arrière, elle riait, ange insouciant. Je n'eus pas davantage le temps de la regarder. Une deuxième photo la présentait debout, vêtue d'une robe noire, adossée au parapet d'un pont. Sur une troisième, elle était assise au milieu d'un banc, dans un square envahi par des oiseaux. Alexandre abattait mécaniquement les photos, comme les cartes d'un jeu mystérieux. J'entrevoyais les boucles de Julia. Sa bouche. Ses mains, couvertes de bagues. Des lieux que je ne connaissais pas. Des bateaux. Une muraille ornée de faïences. Une paire de chaussures tressées. Alexandre se mit à parler tandis que les images continuaient à défiler : « J'ai aimé Julia. Je l'ai aimée comme un fou. Pas une seconde, pas un instant je ne l'ai oubliée. Quand on a rapporté son corps à la Colline rouge, je n'ai même pas pu la voir, on m'a chassé, je suis parti, j'ai eu envie de crier, j'ai eu envie de hurler, je suis allé me cacher derrière la maison, j'ai dû rester là des heures, je pleurais, je balbutiais son nom, je l'appelais tout doucement et je disais, Julia, Julia, reviens, reviens, je revoyais son visage, elle m'embrassait, elle me serrait contre elle, je l'entendais, elle chuchotait, je t'aime Alexandre, je t'aime Alexandre, et moi j'étais là, j'étais seul, mes mains griffaient la terre, je n'ai jamais été aussi seul, Émilie, je le suis resté, le regard des gens ne me touche plus, je n'attends rien d'eux, je survis parce que j'aime encore Julia. » Je crus qu'Alexandre pleurait. Mais son visage paraissait étonnamment serein. Il ferma les yeux un instant, puis baissa la tête. « Tu te demandes pourquoi je te raconte tout ça, Émilie ? Tu le sauras peut-être un jour... Mais j'aimerais que tu partes maintenant. Tu ne m'en veux pas ? »

Bouleversée par cette confession, je ne repris pas tout de suite le chemin de la maison, m'attardant dans des ruelles que je connaissais mal. L'image d'Alexandre me poursuivait : je l'avais toujours cru insouciant, incapable d'éprouver le moindre sentiment. Il avait l'air de jouer avec la vie. Mais il portait en lui la marque rouge de Julia.

Plusieurs jours s'écoulèrent avant qu'Alexandre ne demande à me revoir. Nous nous retrouvâmes dans un restaurant russe. Comme s'il ne m'avait jamais parlé de Julia, il me fit le récit de l'un de ses reportages à Moscou. « Au National, juste devant le Kremlin, on mange du caviar à la grande cuillère. Oh, il n'est pas très bon, mais on fait semblant ! » Alexandre paraissait gai. Parfois, il s'interrompait : « Et toi, qu'est-ce que tu racontes ? » J'avais à peine le temps de souffler : « Oh moi, je ne... » qu'il était déjà reparti dans l'une de ses longues tirades qui nous transportaient au cœur de l'Afrique ou sur une pirogue remontant l'Amazonie.

Désormais, nos rendez-vous prirent l'allure d'un rite au déroulement imprévisible. Nous nous rencontrions dans des jardins publics, devant des statues (« à cinq heures, au pied de Danton, tu n'oublies pas, hein ? », me disait-il), dans des restaurants tous aussi insolites les uns que les autres. Alexandre me faisait parfois des cadeaux : un livre, un bracelet, des colliers. Nous étions devenus inséparables et, doucement, je me laissais aller au charme de notre amitié. Je continuais à travailler à la compagnie d'assurances, mais sans y éprouver le moindre ennui. Le temps passait vite, je savais qu'Alexandre me rejoindrait à la sortie. Nous n'étions jamais retournés chez lui, il n'avait pas davantage demandé à venir dans notre appartement. Les lettres de ma mère commençaient à manifester son étonnement devant mes mots griffonnés à la hâte.

« Émilie, je vais te montrer aujourd'hui une chose extraordinaire. A cinq heures et demie, tu m'attends en face du bassin des Paumes. » Ce jour-là, Alexandre ne voulut pas m'en dire plus lorsque nous déjeunâmes ensemble. Je n'eus pas à l'attendre. Impatient, il me conduisit dans une petite église. En me tenant par le coude, il me guida vers l'autel d'une chapelle. Devant la grille qui le ceinturait, une Vierge tendait un plateau. Le bleu de son voile écaillé, ses yeux éteints, sa robe d'un blanc sale témoignaient de l'abandon des fidèles. Alexandre me glissa une pièce dans la main : « Mets-la sur le plateau. » Lorsque je la posai, il ne se passa rien. J'interrogeai Alexandre du regard. « Tu vas voir. » J'entendis un déclic et la Vierge se mit à hocher la tête. « Magie, magie, hein ? Tu n'avais jamais vu ça », fit Alexandre en me prenant par la taille. La tête de la statuette s'agitait toujours, j'avais envie de rire. La main d'Alexandre ne m'avait pas quittée. Nous étions à deux pas de chez lui, il me proposa de monter prendre un café.

Les rideaux étaient tirés, je n'osai les ouvrir. Certains meubles paraissaient avoir été déplacés. Un divan, vert sombre, trônait près du bureau. Alexandre se mit à fouiller dans une pile de disques : « J'ai trouvé un enregistrement incroyable de Varèse à Londres, l'année dernière, tu veux l'écouter ? » Quand la musique s'éleva, un univers sauvage surgit. Des antennes d'insectes inconnus s'entrechoquaient dans des stridences râpeuses. Les murmures de la forêt étaient là mais démesurément grossis. Le grondement des bourrasques, le craquement des branches sous l'orage se mêlaient jusqu'à la folie puis s'amenuisaient au point qu'il fallait tendre l'oreille. Ensuite, ce fut un roulement de galets. Mate et plus sourde, une sonorité l'emporta sur les autres. Je la reconnus. Je l'avais entendue une fois quand un homme était venu nous apprendre la mort de Julia.

Alexandre n'avait pas remarqué mon trouble. Pourtant, il me dévisageait d'un air étrange, presque froid et venimeux. Que voulait-il m'annoncer ? Je me sentis soudain incapable de prononcer le moindre mot. Ironique, Alexandre me lança : « Tu veux vraiment savoir qui était Julia ? Je l'avais rencontrée bien avant cet été passé à la Colline rouge. Ta mère nous avait invités à déjeuner un dimanche un mois ou deux auparavant. Jusqu'alors Julia me considérait comme un gamin. Je n'étais qu'un cousin très éloigné. Mais ce jour-là, elle n'a cessé de m'interroger sur mes projets, sur la photo. Elle partait en tournée quelques jours plus tard, elle m'a proposé de la suivre. Nous sommes devenus amants dès le premier soir du voyage. » Puis il répéta : « Tu veux vraiment savoir qui était Julia ? » J'eus l'impression qu'il me menaçait ou qu'il se moquait de moi :

« Crois-tu donc qu'elle se serait tenue aussi raide que toi sur cette stalle ? Elle n'aurait jamais accepté cette position inconfortable. Il ne lui aurait pas été difficile de trouver une parade. Mets-toi à l'aise, ne reste pas guindée. »

Face au vide, j'aurais éprouvé le même vertige. Ces injonctions me laissaient deviner une manœuvre. Sur ce siège si étroit qu'il limitait les attitudes, je ne parvenais pas à vaincre mon appréhension. Alexandre choisit une photo et me la montra. Sa main en masquait le bas, je ne voyais que le visage de Julia, son épaule avec la manche du chemisier qui glissait. Elle se détournait à demi, comme si elle était gênée, mais une nuance d'effronterie perçait dans son regard. Comment pouvait-elle à la fois provoquer et se dérober ? Ses yeux, dans l'instant même où ils étincelaient de malice, se voilaient déjà, embués de mélancolie ou de larmes.

Penché sur la photo, Alexandre détaillait à voix haute la partie que je ne voyais pas. Ses mots me parvenaient tels les échos d'un rêve voluptueux. Il me décrivait les gestes de Julia avec tant de précision qu'il semblait revivre le moment qui avait précédé le déclic de l'appareil photographique.

« Elle s'incline et remonte sa jupe au-dessus du genou. Maintenant, de son autre main, très vite, au risque d'arracher les boutons et de déchirer le tissu – on dirait une sauvage –, elle a ouvert son chemisier. Son sein apparaît, elle le caresse avec une violence qu'aucun homme n'oserait jamais.

Elle pointe une jambe en avant, le pied bien appuyé au sol. L'autre jambe chevauchant le bras du fauteuil, elle s'offre sans pudeur. »

Il s'était approché de moi et me tendit à nouveau la photo, sans plus rien cacher.

« Rejoins-la », murmura-t-il.

Je n'avais plus peur. Je me laissai guider par lui, accédant à cette émotion que m'avait révélée Julia quand elle s'était agenouillée devant le rayon de lune. Alexandre attendit une seconde, puis :

« C'est maintenant que la photo a été prise. Julia s'était un peu redressée, comme toi. Ses yeux étaient mouillés de plaisir, comme les tiens. »

Il me donna le cliché : c'était ma récompense. Dans l'attitude que j'avais décalquée, Julia semblait continuer à balancer son pied dans le vide. Jour après jour, je reproduisis, non plus par hasard mais en m'appliquant, ces Julia inconnues que je voulais saisir. Je me sentais happée par un désir insondable. Alexandre avait changé d'attitude, il était presque violent et froid, mais je l'acceptais ainsi, fascinée. Notre complicité d'hier était devenue un pacte qui ne pouvait que nous précipiter dans un monde où tout était permis. Alexandre s'approchait de moi, déplaçait une mèche, remontait ma jupe sur le genou. Nos simulacres et nos rares paroles chuchotées me conduisaient dans ces zones troubles où s'épanouissaient mes remords. Comme dans un vivier grouillant de pieuvres visqueuses, de crapauds au ventre gonflé, de monstres baveux, des pensées informes se faufilaient en moi. Avais-je été jalouse de Julia ? N'avais-je pas voulu lui faire du mal, la punir ? Et, finalement, mes aiguilles plantées dans les figurines en mie de pain n'avaient-elles pas contribué à la tuer ? Mes tempes s'enfiévraient. Un ricanement sardonique retentissait. J'avais accusé les femmes de la cuisine et leur vacarme, mais aucune de leurs méchancetés n'avait vraiment atteint Julia. C'est moi, avec la lettre volée, avec mes ridicules manigances, qui l'avais tuée.

Un soir, en me lavant les mains, je me regardai dans la glace suspendue au-dessus du lavabo. Je ne me reconnus pas. Un éclat dur était emprisonné dans mes yeux, comme s'ils avaient été pénétrés par un morceau de métal. Cette nouvelle expression, je l'avais vue passer sur le visage de Julia, mais elle s'en débarrassait vite, très vite, et reprenait son sourire. Sur moi, la lueur maligne restait, incrustée peut-être à jamais. De quel droit Julia s'emparait-elle de moi ? Mes mains tremblaient. Étaient-elles donc coupables d'avoir poussé Julia dans la faille de la colline où elle avait trouvé la mort ?

Comme Julia, je devais partir. J'avais ressenti cette même nécessité quand, la veille de sa mort, sous le soleil encore blanc de l'aube, les feuilles d'eucalyptus s'étaient transformées en minuscules faux. Je m'étais inquiétée d'un tel présage. Il n'y avait pas de vent et ces instruments de torture restaient immobiles, se contentant de faire luire leurs menaces, sans les préciser.

Je savais qu'Alexandre m'observait, j'étais devenue une proie, prisonnière de son désir. Je m'abandonnais à ses caresses, paralysée par une peur que je n'expliquais pas. Il me semblait que l'espace de l'appartement s'était réduit, ne m'accordant qu'une liberté encore plus restreinte. Il aurait fallu ne pas monter l'escalier qui menait à sa porte, mais je ne pouvais plus m'esquiver. Le regard d'Alexandre me captivait. Irrésistiblement attirée vers lui, j'étais prête, malgré l'effroi qui me glaçait certains jours, à toutes les soumissions. Déjà sifflait un vent froid venu du vide, de l'inconnu. Rien ne pouvait me sauver, sinon l'abri que me proposait ce regard où je reconnaissais les rires et la grâce de Julia.

Nous nous retrouvions toujours chez lui. Nos

rencontres obéissaient aux règles des cérémonies les plus secrètes. Alexandre disposait de moi à sa guise. Je ne lui résistais pas, mais je savais que la jouissance qu'il attendait de moi ne devait rien au plaisir. Je réalisai peu à peu qu'il voulait seulement m'humilier, comme si j'étais l'objet d'une vengeance calculée depuis longtemps.

Un jour, il me fit asseoir dans un recoin du salon. Il me dévisageait d'un air bizarre. « Aujourd'hui, dit-il en posant la main sur mon épaule, nous allons jouer à un autre jeu. » Ses doigts remontèrent le long de ma nuque. « Mets-toi à genoux », ordonna-t-il. Au moment où j'allais lui obéir, il me retint par les cheveux : « Non. » Après un silence, il répéta : « Non. » Il tira plus fort encore, m'obligeant à rejeter la tête en arrière. J'avais mal. « Est-ce que tu sais ce que j'attends de toi ? » Il m'était impossible de répondre, la douleur devenait insupportable. Ma chevelure était un brasier. « Arrête, Alexandre, arrête. » Mais il ne m'écoutait plus. La nuque cassée, brûlante, je découvris avec frayeur l'expression résolue de sa bouche. Alexandre ne jouait plus.

Le lendemain, dès mon entrée, je m'aperçus que tout avait changé. Des caisses s'entassaient dans un coin, des meubles avaient disparu, la bibliothèque était vide. Le parquet était rayé par endroits ; je remarquai que le tapis était décoloré par le soleil.

Alexandre me salua à peine. Il était occupé à ranger des papiers. Je crus qu'il se livrait à un nouveau stratagème. Mais il s'obstinait à garder le silence.

« Tu pars, Alexandre ? Qu'est-ce qui se passe ? »

Le froissement des papiers s'interrompit. Lentement, Alexandre se tourna vers moi. Son visage ne trahissait pas la moindre émotion. Je ne comprenais pas.

« Tu pars, Alexandre ? Dis-moi... On t'a commandé un reportage ? Dis-moi, Alexandre, dis-moi... »

Lorsque je voulus m'approcher de lui pour l'enlacer, il se recula.

« Oui, je pars, je pars, je pars. Je ne veux plus te voir, Émilie.

– Mais je...

– Je ne veux plus te voir parce que j'en ai assez de jouer avec toi. Oui, j'ai joué avec toi. Et ce n'était pas par hasard. Tu me devais quelque chose.

– Quelque chose ? » J'étais abasourdie, chacun des mots d'Alexandre me poignardait la gorge.

« Oui, et tu dois t'en souvenir, Émilie. Un jour, à la Colline rouge, tu es entrée dans la chambre de Julia. Tu devais être en colère. Tu as volé une lettre que tu es venue déposer dans ma chambre. La suite, tu la connais... Après la mort de Julia, je t'en ai voulu, Émilie. Je t'aurais tuée ! Tu me diras que tu n'étais qu'une enfant. C'est cette enfant que je voulais tuer. Va-t'en maintenant, je ne veux plus te voir.

– Alexandre...

– Je ne veux plus te voir. »

Quand je me suis retrouvée dans la rue, j'ai pleuré. J'ai pleuré pendant des jours, j'ai pleuré pendant des nuits.

« Tu ne l'as plus revu ?

– Non, jamais...

– Tu l'as regretté ?

– Au début, oui. Maintenant, je n'y pense plus.

– Tu n'y penses plus, tu n'y penses plus... Tu as l'air pourtant de bien t'en souvenir.

– Comment aurais-je pu oublier ? Alexandre est le premier homme que j'aie vraiment connu.

– Et vos cérémonies secrètes, c'était quoi ?

– Écoute, je ne veux pas...

– Il te battait ?

– Ne sois pas idiot.

– Il te fouettait ?

– Arrête, tu es stupide.

– Ça te plaisait ?

– Cesse de te faire du mal. Ce n'est pas l'histoire

d'Alexandre que j'ai voulu te raconter. C'est celle de Julia et la mienne. Longtemps, je me suis crue responsable de sa mort. Évidemment, tout le monde accusait Alexandre. C'était injuste. Je me sentais coupable de la faute que l'on rejetait sur lui.

– Et alors tu as couché avec lui.

– Ce n'est pas si simple.

– Il te plaisait donc ?

– Oui, il me plaisait. Mais en même temps je savais que nous serions obligés de nous quitter un jour. Notre relation était devenue incontrôlable, nous faisions n'importe quoi, comme si nous voulions fuir ce que chacun de nous savait.

– Rien ne t'obligeait à te traîner à ses pieds.

– Arrête.

– Tu penses à lui quand tu fais l'amour avec moi ?

– Non, je ne pense qu'à toi.

– Je ne te crois pas. L'autre nuit, pendant ton sommeil, tu as murmuré son prénom.

– Ce n'est pas vrai. Tu mens.

– Tu as dit : “Alexandre, Alexandre...”

– Je ne l'ai jamais dit, j'en suis sûre. Et toi, tu ne comprends rien. Personne n'a entendu cette histoire, c'est à toi que je la raconte, parce qu'elle me faisait peur, parce que je t'aime, parce que j'ai confiance en toi.

– Confiance ?

– Oui. Je te donne ce que je suis. Je te donne tout ce que j'ai. Mes yeux, mon ventre, ma peau, ma vie. Embrasse-moi.

– Comme Alexandre, tu veux ?

– Embrasse-moi.

– Dis-moi : embrasse-moi, Alexandre.

– Embrasse-moi.

– Embrasse-moi, Alexandre.

– Arrête, tu me fais mal, lâche-moi, lâche-moi, lâche-moi.

– Je te lâcherai quand tu auras avoué pourquoi...

– Pourquoi je t'ai raconté tout cela, je te l'ai déjà dit ! Laisse-moi tranquille, tu me fais mal.

– Tu vas m'écouter. Ce n'est pas la peine de te débattre, regarde mes ongles, ils s'enfoncent dans ton bras, si tu bouges ils vont s'enfoncer davantage. Je sais pourquoi tu m'as parlé de Julia et d'Alexandre. Parce que tu n'existes pas. Tu regardes ta vie à travers les autres, tu prétends les aimer, mais c'est l'image de toi qu'ils te renvoient que tu aimes. Pas un instant tu n'as su deviner que Julia et Alexandre te méprisaient, ils t'ont utilisée pour vivre leur amour.

– Tu es fou !

– La vie ne t'apprendra jamais rien.

– Je ne veux plus t'entendre.

– Tes yeux sont des miroirs, tu es aveugle.

– Tu me disais qu'ils brillaient...

– Tes mains ne caressent que leur ombre.

– Tu me disais qu'elles dessinaient le monde...

– Ton ventre... Tu pleures ? Pourquoi pleures-tu ? Regarde, je te laisse partir, tu n'as plus mal maintenant. Je vais ouvrir la fenêtre, tu as vu ? Le soleil brille !

– Je suis aveugle, mais je t'entends. Ne me touche plus, ne me parle plus. Tu crois que je n'ai rien appris ? Tu te trompes. J'ai appris à être seule. »

Dans la rue, la lumière était si vive que je dus me protéger les yeux. Des enfants criaient, le grondement des voitures envahissait la ville. Étourdie, je m'adossai à la façade de l'hôtel. Je savais que je n'y retournerais plus. Cet homme, je ne le reverrai plus. Je m'étonnais de ne pas souffrir. Un voile constellé d'éclats lumineux me brouilla la vue, une onde me submergea. Le bruit du sang. La rumeur de sa course aveugle emportait tout. Elle s'emparait des étoiles et du soleil, de la robe rouge de Julia et de ses éclats de rire. J'entendais craquer les brindilles sous mes pas, je revoyais la lueur pâle de la lune dans la nuit, le serpent du feu qui avait dévoré mes souvenirs. Le cri des hommes qui s'appelaient dans la vallée, les images qui filaient derrière mes paupières le soir, les paroles que je venais de prononcer dans la chambre se mêlaient dans le tumulte de ce torrent. Émerveillée, j'écoutais battre en moi ce fleuve impétueux que rien ne pouvait arrêter. Sa houle se déchaînait puis retombait, écume écarlate dont le bruissement, chant ténu et fragile, m'inondait. Je m'effrayais de cette force. Elle recueillait le souffle de toutes les tempêtes, le fracas de tous les galets que font tournoyer les vagues. Oiseau. J'étais un oiseau. Mon regard sondait l'océan, le vent sifflait sur mes plumes. Je n'avais plus peur. Une langue de terre soulignait l'horizon. Je la reconnaissais. Poudreuse et légère, elle coulait désormais dans mes veines. C'était la terre de la Colline rouge.

IMPRIMERIE BRODARD ET TAUPIN À LA FLÈCHE
DÉPÔT LÉGAL JANVIER 1994. Nº 21146 (61751-5)